Ein Jurastudent, der in eine Wohngemeinschaft von Fahrradfans zieht. Ein Philosophieprofessor, der einen Raddiebstahl beobachtet. Beide verbindet nicht viel, abgesehen von einem zunehmenden Interesse an Fahrrädern. Nichts Besonderes, zumal die Universitätsstadt Münster, in der sie leben, berühmt für ihre vielen Fahrräder ist. Während der Student ein immer manischeres Interesse an Fahrrädern entwickelt und der Professor hinter einem vermeintlichen Anstieg von Fahrraddiebstählen eine Verschwörung wittert, werden die sich immer mehr in den Vordergrund schiebenden Fahrräder zu den eigentlichen Protagonisten. Der Roman demonstriert die Komik alltäglicher Paranoia an einem eigentlich harmlosen Alltagsgegenstand.

Jürgen Kiel

Unter Fahrraddieben

Roman

© 2019 Jürgen Kiel
Lektorat: Christiane Geldmacher, Bremberg
Titelgrafik: Karin Davids, Gütersloh
Umschlaggestaltung: Peter Markert, Frankfurt a. M.
Verlag & Druck: tredition GmbH, Hamburg

ISBN
Paperback   978-3-7482-1530-1
Hardcover   978-3-7482-1531-8
e-Book   978-3-7482-1532-5

If a book is only what it seems to be about,
then somehow the author has failed.

Edward Gorey

1

Am Morgen standen nur wenige Fahrräder in der kleinen Straße, sogar der einsetzende Unibetrieb änderte daran zunächst nichts. Gegen Mittag waren die Fahrradständer belegt, dennoch trafen weitere Leute mit Rädern ein und zogen enttäuscht wieder ab.

Ein junger Mann in dunkelbrauner Cordjacke war der Erste, der auf Abschließen verzichtete und sein Fahrrad nur neben die anderen stellte. Binnen kurzem kamen andere Räder hinzu, deren leichtfertige Besitzer davon ausgingen, dass potenzielle Diebe nicht ausgerechnet ihr Rad mitnehmen würden.

Nachmittags war eine wilde Ablagestelle für Fahrräder entstanden. Viele Räder hatten sich hoffnungslos ineinander verkeilt. Einige lagen, als wären sie wütend oder verzweifelt hingeschleudert worden, neben oder sogar auf dem Haufen.

Ein Touristenpaar aus Japan, das von der historischen Altstadt in Richtung Barockschloss strebte, verharrte minutenlang vor dem eigentümlichen Gebilde aus Metall und Undurchdringlichkeit. Vergeblich suchten sie in dem Chaos nach Hinweisen und Orientierung. Schließlich stellten sie sich in Positur und machten ein paar Fotos von sich und den Rädern.

Gegen Abend war der Haufen wieder deutlich kleiner, doch nur von den Rändern her: An der Unentwirrbarkeit des Zentrums hatte sich wenig geändert.

Noch in tiefer Nacht waren in der Umgebung hässliche Geräusche zu hören von Leuten, die vergeblich versuchten, ihr Rad aus dem Haufen zu ziehen.

2

Obwohl er von allen Seiten gewarnt worden war, hatte Jochen, ein Jurastudent aus Berlin, beschlossen, seinen Studienort zu wechseln und sich in der Stadt Münster niederzulassen.

»Ich bin Jochen. Ich nehme an, Fietze hat dir von mir erzählt.«

»Komm rein. Am Ende vom Flur rechts.«

Das Zimmer war gut. Durch das Fenster blickte man in einen Garten. Der Teppichboden machte einen ordentlichen Eindruck. An einer Wand stand eine breite weiße Kommode mit drei Schubladen. Sie sah solide aus. Mehr befand sich nicht in dem Zimmer.

»Die Kommode gehört Bernward. Wenn du willst, bleibt sie im Zimmer, bis er kommt und sie abholt. Falls er sich überhaupt noch mal blicken lässt.«

»Ich würde sie gern behalten.«

»Kein Problem. Es gibt hier noch mehr Sachen von Bernward. Sind alle im Keller. Soll ich dir sein Fahrrad zeigen?«

»Später vielleicht. Kommt Fietze heute?«

»Möglicherweise. Bei dem weiß man nie.«

Wenn alles wie geplant lief, würde er zwei Jahre mit Fietze und Ben zusammenwohnen. Bestimmt würde es keine Probleme geben, er kam gut mit Leuten aus. Ben machte einen sympathischen Eindruck. Eigentlich sah er nicht wie ein Ben aus, eher wie ein Sven oder ein Jens.

»Melde dich einfach, falls du Hilfe beim Auspacken brauchst.«

Die folgenden zwei Stunden verbrachte Jochen damit, seine Habseligkeiten aus dem Leihtransporter in sein neues Zimmer zu schleppen. Er besaß nicht viel. Das eine oder andere Möbelstück würde er noch kaufen müssen. Hauptsache, er hatte ein Zimmer gefunden. Bereits der erste Versuch hatte zum Erfolg geführt. Offenbar hatte es keine Mitbewerber gegeben. Das war ungewöhnlich. Überall gab es Mitbewerber. Besonders viele Mitbewerber gab es auf dem Wohnungsmarkt. Die meisten gab es, wenn man in dieser Stadt ein Zimmer suchte. Normalerweise.

Sobald nichts mehr da war, das ausgepackt werden musste, sah er sich nach seinem künftigen Mitbewohner um. Er fand Ben in der Küche, am Tisch sitzend, vor sich eine halb ausgetrunkene Flasche Bier. Ein langer, abgenutzter Holztisch, viele Regale und ein Polstersessel, auf dem mehrere Ausgaben der Westfälischen Nachrichten lagen. Auf einem Sideboard stand ein kleines Fernsehgerät.

»Alles klar?«

»Ja.«

»Das sind deine Schlüssel«, sagte Ben. »Hier die Haustürschlüssel. Die anderen sind für unten. Der lange ist für die Kellertür außen, der goldene ist für die Kellertür innen, der silberne ist für den Waschkeller, der komische ist für den Fahrradkeller.«

»Danke. Wo kann ich meine Lebensmittel unterbringen?«

Sitzend öffnete Ben die Kühlschranktür. Der Kühlschrank ragte beinahe bis zur Decke.

»Die beiden unteren Regale sind deine. Genug Platz für dich?«

»Mehr als genug. Meistens esse ich in der Mensa.«

»Das hat Bernward auch getan. Trotzdem war sein Fach immer gut gefüllt. Nachdem er weg war, mussten wir seine Lebensmittel vernichten, weil sie schlecht geworden waren.«

»Gibt es bei euch irgendwelche Regeln?«

»Nicht viele. Wir haben Mülltrennung, die Mülleimer stehen dort hinten, sie sind nach Farben sortiert. Die Sachen im Bad sind ebenfalls nach Farben sortiert. Ich hänge meine Handtücher an die roten Haken, Fietze seine an die blauen. Deine Haken sind grün.«

»Gutes System.«

»Es war meine Idee. Hast du grüne Handtücher?«

»Wieso?«

»Sähe besser aus. Einmal pro Woche kommt die Putzfrau. Sie macht auch das Treppenhaus.«

Ben reichte Jochen einen Zettel. »Hätt ich fast vergessen. Das ist unser WLAN-Code.«

Alles machte einen geordneten Eindruck. Jochen brauchte nur noch einzuchecken. Hier war, was er gesucht hatte. Allerdings besaß er keine grünen Handtücher. Das musste sich noch ändern.

»Ist es einigermaßen ruhig hier?«

»Wie meinst du das?«

»In den nächsten Monaten muss ich ziemlich viel lernen.«

»Kein Problem. Manchmal hört man das Paar von oben. Tagsüber brüllen sie sich an und nachts brüllen sie beim Sex, jedenfalls klingt es so. Aber es ist nicht schlimm, man hört es nur, wenn man auf einen Stuhl klettert und sein Ohr an die Decke presst.«

Ben hielt eine Hand hinter sein Ohr.

»Ich käme nie auf die Idee, sowas zu machen«, sagte Jochen.

Ben lächelte. »Ich auch nicht. Fietze und ich sind eher ruhige Typen. Fietze ist meistens unterwegs. Wenn der Fernseher zu laut ist, sag einfach Bescheid. Hier möchte niemand schuld sein, wenn du durchs Examen fällst.«

»Danke. Wird schon nicht geschehen.«

Wie rücksichtsvoll man hier war! Ben war ein sanfter, blasser Mensch, dem es offenbar wichtig war, viele Fragen zu stellen. Aber das war wohl in dieser Situation ganz normal.

»Du studierst Jura?«

»Im fünften Semester.«

»Ich studiere Theologie und Philosophie.«

»Bestimmt nicht einfach.«

»Was meinst du?«

»Die Berufsaussichten.«

»Man muss sich was einfallen lassen«, sagte Ben munter. »Eine Sache noch: Fietze redet nicht gern über das, was er macht.«

»Verstehe.«

»Andererseits ist er extrem hilfsbereit. Und ein genialer Bastler. Schau mal.«

Ben klatschte in die Hände. Die Deckenleuchte ging an und im gleichen Moment der Fernseher.

»Genial«, sagte Jochen.

»Eigentlich sollte sich der Fernseher nicht einschalten. Ich werde ihn drauf ansprechen, wenn er kommt.«

Im Fernsehen startete gerade eine Dokumentation mit dem Titel *Die Bundeswehr zum Anfassen.*

Jochen nahm sich vor, Fietze nie danach zu fragen, was er machte.

Ben schlug mit der Faust auf den Küchentisch. Der Fernseher schaltete sich aus.

»Fietze macht nebenbei kleinere Handwerkerarbeiten für den Hausbesitzer. Davon profitieren wir alle«, erklärte er.

Jochen überlegte, was die Formulierung *profitieren wir alle* bedeuten mochte.

»Falls du Probleme mit deinem PC hast, das WLAN Ärger macht oder das Klo verstopft ist oder irgendwas in der Richtung, wende dich am besten gleich an Fietze, bevor du unnötig Geld ausgibst«, sagte Ben.

»Klar.«

»Kennst du schon die Hammer Straße?«

Jochen erinnerte sich an die Hinfahrt. Eine ausgedehnte Straße, die vom südlichen Autobahnzubringer ins Zentrum führte.

»Die wichtigste Einkaufsstraße im Viertel. Zehn Minuten zu Fuß von hier.«

»Eure Wohnung liegt günstig.«

In diesem Moment rumpelte im Zimmer über ihnen ein schwerer Gegenstand auf den Boden.

»In jeder Hinsicht. Lass uns in den Keller gehen.«

Jochen hatte vor, seinen Transporter so schnell wie möglich zum Verleiher zu fahren, doch er wollte nicht unhöflich sein. Bevor sie nach unten gingen, inspizierte er noch einmal die Toilette. Im Bad gab es nicht nur zahlreiche farbige Haken und Handtuchstangen, sondern auch farbige Zahnputzbecher und farbige Handtücher. Rot und blau. An den grünen Haken hing noch nichts.

Dann in den Keller. Der Keller war bemerkenswert. Er schien ungeheuer groß zu sein, und überall waren Türen.

»Der hier ist deiner. Nimm den langen Schlüssel.«

Jochen musste den Schlüssel mehrmals drehen, bis sich die Tür öffnete.

»Alles meins?«

»Klar.«

Dreißig Quadratmeter. Es roch nach Öl. An der gegenüberliegenden Wand lehnte ein schrottreifes Fahrrad. Ein paar Kisten standen verloren in der Mitte. Außerdem war da eine weitere Tür.

»Hinten geht noch ein kleinerer Raum ab. Der gehört auch zu deinem Keller«, sagte Ben.

»Ist der leer?«

»Kein Ahnung. Er ist verschlossen. Ich weiß momentan nicht, wo der Schlüssel ist.«

»Sind bei euch die Kellerräume alle so groß?«

»Nein. Aber Bernward konnte den Platz gut brauchen. Stören dich seine Kisten?«

»Was meinst du mit *stören*?«

Der Raum ist größer als mein Zimmer, dachte Jochen. Ich müsste lange leben, um mir die Sachen leisten zu können, die ich hier abstellen würde, sobald ich sie nicht mehr bräuchte.

Ben deutete auf einen unbegreiflichen Eisenhaken, der in der Wand steckte. »Hier hat er immer seine Fahrradhandschuhe hingehängt.«

»Wer?«

»Bernward. In den Kisten bewahrt er seine Fahrradbücher auf. Vielleicht kommt er doch noch und holt sie ab. Überhaupt wundere ich mich, dass er es so lange ohne sie aushält.«

»Er war ein begeisterter Fahrradfahrer?« Kaum hatte Jochen den Satz ausgesprochen, fiel ihm die Vergangenheitsform auf.

»Kann man behaupten«, sagte Ben. »Wie sieht es denn bei dir aus?«

»Wie es aussieht?«

»Bezüglich Fahrrad.«

»Normal.«

»Normal heißt, du besitzt ein Rad.«

»Ja.«

»Ich frage nur, weil du aus Berlin kommst.«

»Und?«

»Berlin ist keine Fahrradstadt.«

Jochen fühlte sich wie in die Ecke gedrängt. Gegen seinen Willen stieg der Wunsch in ihm auf, Berlin zu verteidigen.

»Wie man's nimmt. Immerhin fahren dort unzählige Leute auf Fahrrädern herum«, sagte er.

»Ich weiß«, sagte Ben. Aber ich versteh's nicht.«

3

Oben in der Wohnung wurden sie von einem großen, dünnen Typ empfangen. Er trug ein schwarzes Hemd und eine glänzende schwarze Lederhose, seine Haare waren zu einem schwarzen Zopf zusammengebunden.

»Hi, Fietze«, sagte Ben.

Fietze ist ein seltsamer Name, dachte Jochen. Hier passt er. Aber eigentlich könnte Fietze auch Ben heißen.

»Willkommen in unserer WG, Jochen«, sagte Fietze und streckte die Hand aus.

Sie wechselten in die Küche und setzten sich.

»Auch ein Bier?«

»Bisschen früh«, sagte Jochen.

»Was meinst du damit?«, gab Fietze zurück.

Ohne darauf einzugehen, sagte Ben: »Der Fernseher schaltet sich ein, wenn man in die Hände klatscht, Fietze. Kannst du da mal rangehen?«

»Mach ich«, sagte Fietze. »Später.« Er wandte sich an Jochen. »Hast du dich schon eingelebt?«

»Wie man's nimmt«, sagte Jochen. »Ich hab grad mal nur meine Sachen ausgeladen.«

»Was hältst du von dem Keller?«, wollte Fietze wissen.

»Ist riesig.«

»Das ist er. Verdammt, das ist er!«

Fietze nahm einen Schluck aus der Flasche. »Da unten kannst du deine Fahrräder bequem abstellen.«

»Ich habe aber nur ein Rad.«

»Sparsam. Wo ist es?«

»Lehnt draußen am Gitter.«

»Das ist gefährlich. Diebstahl und so.«

»Wird hier auch so viel geklaut wie in Berlin?«, erkundigte sich Jochen.

Fietze sah ihn misstrauisch an. »Vermutlich nicht. Aber Fahrräder schon.«

»Berlin ist ziemlich gefährlich, was?«, sagte Ben.

»Wie meinst du das?«, fragte Jochen.

»Er meint: für Radfahrer«, sagte Fietze. »In Berlin gibt es kaum Radwege und wenn, dann sind sie in einem katastrophalen Zustand, der Verkehr ist brutal und die Taxis jagen einen. Ab und zu machen sie Radfahrerdemos gegen diese Zustände, trotzdem ändert sich nie was. Stimmt es oder habe ich recht?«

Jochen blickte von einem zum anderen. »Ich weiß nicht. Kann sein. Ich bin meistens U-Bahn gefahren.«

Fietze warf Ben einen Blick zu. »Es ist so, wie ich es immer gesagt habe.«

Er wandte sich wieder an Jochen. »Dann bist du ab sofort im Paradies«, hielt er fest. »Radmäßig gesprochen.«

Jochen lachte. »Willkommen im Paradies!«

»Das fand Bernward auch immer«, sagte Ben. »Wir leben in einem Paradies für Radfahrer. Wir sind mehrmals als fahrradfreundlichste Stadt Deutschlands ausgezeichnet worden.«

»Von wem?«, sagte Fietze. »Davon weiß ich gar nichts. Willst du nicht doch ein Bier, Jochen?«

»Ich muss heute noch den Leihwagen zurückbringen«, antwortete Jochen.

Unvermittelt erhob sich Fietze und verließ die Küche.

»Habe ich ihn verärgert?«, sagte Jochen.

»Niemand kann Fietze verärgern.«

Ein paar Minuten später kam Fietze zurück. »Ich habe dein Rad in den Fahrradkeller getragen«, verkündete er. »Zur Sicherheit.«

»Danke«, sagte Jochen.

»Keine Ursache. Nebenbei, es ist in einem katastrophalen Zustand.«

»Katastrophaler Zustand?«

»Ich meine, die Bremsen sind hinüber, die Kette hängt durch und die Reifen sind total rissig. Außerdem solltest du dein Rad mal ordentlich putzen.«

»Kann sein«, sagte Jochen. »Ich habe mich lange nicht darum gekümmert. Bin halt U-Bahn gefahren.«

»Ich werde es mir mal anschauen«, sagte Fietze wie jemand, der eine verantwortungsvolle und schwierige Aufgabe übernimmt. »Nebenbei, zum Saubermachen gibt es genug Werkzeug im Fahrradkeller. Auch eine Putzspirale, damit kommst du super zwischen die Speichen.«

»Vielen Dank.«

Fietze ließ nicht locker. »Wie wäre es – wollen wir jetzt gleich runtergehen?«

»Ganz ruhig, Fietze«, sagte Ben.

»Ich habe doch gesagt, ich muss heute noch das Auto zurückgeben.«

»Ich will nur … ich meine, Jochen soll doch dazugehören«, sagte Fietze.

»Das wird er schon noch«, sagte Ben.

Was meinen sie mit *dazugehören*?, fragte sich Jochen Er forschte in seinem Kopf nach einem ergiebigeren Gesprächsthema. Sein Studium würde sie nicht interessieren. Seine Eltern auch nicht.

»Wart ihr schon mal in Berlin?«

»Ich nicht«, sagte Ben.

»Ich einmal«, sagte Fietze.

Eine Weile herrschte Schweigen.

Dann sagte Fietze: »Warum bist du überhaupt von Berlin weg, Jochen? Ich meine, in Berlin ist enorm viel los. Kulturell, meine ich.«

»Ich wollte meinen Studienschwerpunkt wechseln«, sagte Jochen.

»Stimmt es, dass in Berlin in den Clubs auf den Toiletten unentwegt gevögelt wird?«

Jochen war nicht sicher, ob er richtig verstanden hatte. »Ich bin kein Experte für das, was in Berliner Clubs passiert«, sagte er. »Außerdem frage ich mich, ob ausgerechnet Toiletten ein gutes Beispiel sind für *viel los sein.*«

»So meine ich das nicht«, sagte Ben. »Ich wollte nur sagen, in Berlin ist viel los, während hier ziemlich wenig läuft.«

»Wie man's nimmt«, sagte Jochen. »Auch in der Großstadt kann es dir passieren, dass du auf einmal feststellst, dass unheimlich wenig los ist.«

»Das sag ich auch immer«, meinte Fietze. »Andererseits kann auch hier viel los sein. Jedenfalls manchmal.«

»Was schon? Nenn mir ein Beispiel!«, fuhr Ben dazwischen.

»Willst du mich in die Enge treiben?«

»Ich will niemanden in irgendeine Enge treiben. Hier kommen auf hundert Leute eine Kirche und dreihundert Fahrräder.«

»Was beweist das schon? Und woher weißt du das so genau? Du setzt ständig irgendwelche Behauptungen in die Welt, die du nicht beweisen kannst.«

Eigentlich hatte Jochen nicht vorgehabt, bereits an seinem ersten Tag in dieser Wohngemeinschaft einen Streit zu schlichten. »Morgen werde ich mein Rad in eine Fahrradfachwerkstatt bringen«, sagte er.

Warum sagte er das? Er hatte doch in den kommenden Tagen weiß Gott genug zu tun. Und warum benutzte er das alberne Wort *Fahrradfachwerkstatt*, hätte nicht ein schlichtes *Werkstatt* genügt?

Aber Fietze war offensichtlich zufrieden. »Eine prima Idee!«, sagte er, nahm einen Schluck und wischte sich den Mund mit dem Handrücken.

»Ich muss aufs Geld achten«, sagte Jochen, wie um sich selbst zu warnen.

»Brauchst du einen Job?«, fragte Ben.

»Vielleicht«, sagte Jochen. »Aber ich habe nicht viel Zeit zum Arbeiten.«

»Im Internet wird einiges angeboten. Bei diesen Jobs hättest du allerdings eine Menge zu tun.«

»Wie gesagt, mir bleibt nicht viel Zeit zum Arbeiten.«

Die beiden warfen sich Blicke zu.

»Vielleicht haben wir was für dich«, sagte Ben.

»Alles außer Callcenter«, sagte Jochen.

»Ich würde Schwienhorst fragen«, sagte Ben, mit einem weiteren Blick Richtung Fietze.

»Wer ist das?«

»Du wirst ihn morgen sehen. Ihm gehört das Fahrradgeschäft. Nur ein paar Schritte von hier.«

»Das beste Fahrradgeschäft weit und breit«, sagte Fietze.

»Ab und zu beschäftigt er Studenten. Die müssen kaum was tun. Wäre das was für dich?«

»Warum nicht?«

»Lass es dir nicht entgehen!«, rief Fietze. »Schwienhorst zahlt gut. Und bedenke die Nähe.«

»Natürlich wäre es besser, wenn du ein ausgebildeter Fahrradmechaniker wärst«, sagte Ben. »Dann könntest du mehr verdienen. Aber davon können wir, wenn ich recht sehe, nicht ausgehen.«

Nein, er war kein Fahrradmechaniker. Er war Jurastudent und wollte sich nicht in Jobs verzetteln, die ihn nirgendwohin führten. Andererseits – war nicht ein wenig praktische Arbeit, sein Vater hätte gesagt *in der wirklichen Welt*, eine sinnvolle Abwechslung von der vielen Theorie, die auf ihn wartete? Wobei, fiel ihm ein, ein Fahrradmechaniker heutzutage vermutlich so viel Theorie lernen musste wie früher ein Jurastudent.

»Vergiss es nie: Münster ist eine Fahrradstadt«, betonte Fietze.

»Das ist mir, ehrlich gesagt, nicht so übermäßig wichtig«, entgegnete Jochen.

Wie auf Befehl erhob sich Fietze und verließ die Küche.

»Schade«, sagte Ben in bedauerndem Ton. »Jetzt hast du ihn verärgert.«

4

Auf dem Weg zum Hörsaalgebäude Schlossplatz, wo er seine Vorlesung *Einführung in die Wissenschaftsphilosophie* halten wollte, bemerkte Professor Keller eine Ansammlung von Fahrrädern, die, mehr hingeworfen als abgestellt, ein unansehnliches Knäuel bildeten. Für Passanten, die dieses schmale, menschenleere Sträßchen entlang gehen wollten, bildeten diese Räder ein schwer zu überwindendes Hindernis. Keller näherte sich der wie ein zeitgenössisches Kunstobjekt wirkenden Fahrradanhäufung und betrachtete sie missmutig. Irgendwann musste es mit den drei grauen Fahrradständern angefangen haben, die fast nicht mehr zu sehen waren. Maximal sechs Fahrräder konnten daran befestigt werden. Das Knäuel bestand jedoch aus mindestens dreißig Fahrrädern, die ineinander verkeilt und verschlungen waren. Wenige standen richtig, die meisten lagen halb oder ganz auf dem Boden oder wühlten sich zwischen ihre Artgenossen.

So geht das nicht, dachte Keller. Er würde nie verstehen, warum Menschen so etwas taten. Ein innerer Zwang, ein Gruppendruck? Beinahe körperlich spürte er die Verachtung, mit der der Letzte sein Rad auf diesen Haufen geworfen haben mochte, aus Wut, keinen anderen Abstellplatz als diesen gefunden zu haben.

Werden Verbrechen nur regelmäßig und wie einer Ordnung folgend begangen, so werden sie irgendwann als Norm anerkannt, dachte er, während er vergeblich versuchte, ein schwarzes Fahrrad, das ihm höhnisch den Vorderreifen entgegenreckte, mit dem Fuß zur Seite zu treten. Das Fahrrad bildete ein Gelenk zwischen zwei ungefähr gleich großen Haufen, aus denen das Knäuel bestand, es lag fast frei vor ihm, war aber mit dem Pedal in den Speichen eines Mountainbikes verhakt, während es mit einem Lenker im vorderen Einkaufskorb eines roten Damenfahrrads steckte. Keller hatte den Rahmen des schwarzen Fahrrads kaum in die Hand genommen, als eine Bewegung durch das Knäuel ging, begleitet von einem hässlichen metallischen Geräusch. Wenn man das schwarze Fahrrad entfernte, hätte ein Fußgänger zumindest die Chance, unverletzt an den Fahrrädern vorbei zu gelangen. Keller bückte sich und versuchte, das schwarze Fahrrad an seiner unteren Rahmenstange anzuheben, doch es bewegte sich nicht, es war wie an den Boden festgenietet. Er spürte, wie sich etwas in seinen Rücken bohrte. Er warf einen Blick über die Schulter und entdeckte ein grünes Fahrrad, das vom Haufen in sein Kreuz gerutscht war. Er drückte es mit vielen Verrenkungen in den Haufen zurück, was nur teilweise gelang und überall Klingeltöne auslöste.

Er blickte sich um. Die kleine Straße war immer noch menschenleer. Seine Aktentasche stand am Rande des Knäuels und erinnerte ihn an seine Vorlesung. Irgendwie war er mit dem linken Fuß zwischen zwei oder drei Räder geraten, und es gelang ihm nicht, ihn herauszuziehen. Er atmete schwer. Bloß kein Narr sein und versuchen, den Fuß mit Gewalt herauszuziehen, dachte er, die Fahrräder sind stärker. Ihm kam das Prinzip des Mikadospiels in den Sinn. Zunächst musste er das Verhakelungsschema der betroffenen Fahrräder durchschauen, um sie anschließend in der richtigen Reihenfolge zu entfernen. Dann musste er das Mountainbike hochheben, doch dafür musste er sich bücken, und das tat weh. Einfacher war es, das rote Damenfahrrad mit dem Korb zur Seite zu drücken, das Rad rutschte auch überraschend weit aus dem Haufen heraus und fiel scheppernd neben dem Hauptknäuel auf die Straße, was sich sogleich als Scheinerfolg erwies, denn dieses Rad war an der Fußfalle nicht beteiligt gewesen. Wie hatte es überhaupt so weit kommen können? Letztlich musste sich das schwarze Fahrrad irgendwie bewegt haben, ohne dass es ihm aufgefallen war, und dabei das Mountainbike und ein bislang unbeachtetes Hollandrad mehr oder weniger mitgenommen haben, so dass diese drei Fahrräder das Dreieck bildeten, in das er so unglücklich hineingetreten war. Das Hollandrad aus dieser Position zu bewegen war aussichtslos, es war das schwerste Fahrrad in der Gruppe (ein Elektrorad) und wurde zudem vom schwarzen Fahrradrad festgehalten, das sich mit der Lenkstange nunmehr in dessen hintere Speichen bohrte.

Keller starrte auf seine Armbanduhr. In diesem Moment hätte er mit seiner Vorlesung anfangen müssen. Er hätte kein Problem damit gehabt, einen zufälligen Passanten um Hilfe zu bitten, aber um Hilfe schreien wollte er auf keinen Fall. Er musste an seinen Hund denken; wenn der sich in etwas verbissen hatte, ließ der auch nicht los. Das schwarze Fahrrad war das Zentrum des Problems. Wie eine Plakette auf dem Rahmen bewies, hatte es sein verantwortungsloser Besitzer im Fahrradgeschäft Schwienhorst erworben.

Während er einsam in den Rädern stand, bemerkte Keller, wie still es hier war, das Einzige, was er hörte, war ein Rauschen, wie Wind in Büschen und Bäumen. Doch im nahen Umkreis gab es weder Büsche noch Bäume. Wieder ging eine Bewegung durch das Knäuel. War es das gewesen? Er musste sich seinem Fuß widmen, der wie abgestorben war. Die Lenkstange des schwarzen Fahrrads, ein Pedal des Mountainbikes und das Vorderrad des Hollandrads blockierten den Fuß. Irgendwie hatte das schwarze Fahrrad eine neue Stellung eingenommen, denn dessen Lenker war eben noch ganz woanders gewesen. Keller tastete nach seinem Handy. Er musste ein Foto von diesem Haufen machen, die Verantwortlichen sollten erfahren, wie es hier aussah. Einen Internetkommentar, wo auch immer, würde er auch absetzen. Gerade hatte er das Handy wieder in die Tasche seines Sakkos gesteckt, als sein Blick auf ein zerstörtes, wenngleich immer noch U-förmiges Bügelschloss fiel. Er zog es heran, schob es unter das Vorderrad des Hollandrads und stemmte es hoch. Tatsächlich, das Rad ließ sich anheben, wenn auch nur minimal. Wieder bohrte sich das grüne Fahrrad in seinen Rücken, das er nicht weit genug zur Seite geschoben hatte. Er drückte es abermals von sich fort und gleichzeitig spürte er, dass sein Fuß frei war. Steif stakste er aus dem Fahrradhaufen und griff nach seiner Tasche. Bloß fort von hier!

5

Karl klappte den Campingstuhl auseinander, zog eine schäbige Geige aus dem Kasten und warf ein paar Münzen hinein. Er stand an seinem bevorzugten Platz auf dem Prinzipalmarkt, unter den Arkaden. Früh am Morgen waren noch nicht viele Leute unterwegs. Hier hatte ihn noch niemand verjagt, auch nicht, wenn er es wagte, sein Instrument zu traktieren. Offenbar akzeptierte man, dass er zum Stadtbild gehörte. Er spielte selten, meistens ruhte das Instrument auf seinen Knien.

Wenige Schritte von ihm entfernt saß ein Neuer auf dem Boden, die Beine von sich gestreckt. Der Mann hatte lange, zottelige Haare und einen Bart. Er trug einen karierten Mantel, so lang, dass man damit die Straße hätte fegen können. Entsprechend sah der Mantel aus. Neben ihm lehnte ein Fahrrad an der Hauswand. Am Lenker hingen mehrere Plastiktüten.

Es ist nicht gut, dass der hier ist, dachte Karl. Die ersten Passanten machten bereits einen Bogen um die Gestalt oder wechselten sogar die Straßenseite. Karl trat neben den Sitzenden und beugte sich hinunter. Der Mann war jünger als er zunächst wirkte, vielleicht Ende zwanzig. War wohl schon länger auf der Straße. Kein Alkoholiker, vermutlich. Karl hatte einen Blick für so was.

»Hallo?«

Der Mann rührte sich nicht. Karl rüttelte ihn sachte an der Schulter, aber es tat sich nichts. Er blickte sich um. Wenn der Typ hier noch länger saß, konnte er, Karl, den

Tag abhaken. So jemand durfte hier nicht unordentlich herumsitzen.

»Kann ich Ihnen helfen?«, fragte eine Frau, die in der Hand eine Einkaufstüte mit dem Logo eines Schuhgeschäfts hielt.

»Ich weiß nicht recht«, sagte Karl. »Scheint ihm nicht gut zu gehen.«

»Kennen Sie ihn?«

»Um Himmels willen, nein!«

»Lasst mich in Ruhe«, kam es vom Boden.

»Sie können hier nicht einfach so sitzen«, sagte Karl.

»Soll ich einen Krankenwagen rufen?«, fragte die Frau. Sie hatte bereits ihr Handy gezückt.

»Ich bin nicht krank«, sagte der Sitzende.

»Sollen wir dich nach Hause bringen?«, fragte Karl.

»Da mach ich nicht mit«, entschied die Frau und ging weiter.

»Wieso nach Hause?«, fragte der Sitzende.

»Hast du eine Wohnung?«

»Was geht dich das an!«

Karl beobachtete, wie ein Polizist, der soeben noch auf der anderen Straßenseite mit einem Kollegen gesprochen hatte, das Kopfsteinpflaster überquerte.

»Gehört der Mann zu dir, Karl?«

»Warum soll er zu mir gehören? Nur weil ich zufällig neben ihm stehe?«

Der Polizist beugte sich zu dem Sitzenden. »Haben Sie Papiere? Können Sie sich ausweisen?«

Der Sitzende antwortete nicht.

»Wie heißen Sie?«, fragte Karl.

»Ich heiße Bernie«, sagte der Sitzende.

»Geht es Ihnen gut?«, fragte der Polizist.

»Ja, mir geht's gut.«

»Können Sie ihn nicht mitnehmen?«, flehte Karl.

»Wohin mitnehmen?«, gab der Polizist zurück. »Gegen ihn liegt nichts vor, und er belästigt niemanden.«

»Seine Anwesenheit stört die Leute. Außerdem ist er ganz grün im Gesicht.«

Der Polizist beugte sich abermals zu Bernie hinunter. Nachdem er sich wieder aufgerichtet hatte, sagte er: »Ich erkenne nichts Grünes in seinem Gesicht.« Er lächelte. »Macht das mal unter euch aus.« Er drehte sich um und marschierte zurück zu seinem Kollegen.

Der Sitzende hustete. Es hörte sich an, als würden kleine Stahlkugeln gegen eine harte Wand geschlagen.

»Das klingt nicht gut, Kumpel«, sagte Karl.

»Ich sterbe«, sagte Bernie sachlich.

»So schnell stirbt man nicht.«

Bernie hustete wieder, diesmal nachdrücklicher.

Karl überlegte. So was passierte ihm nicht zum ersten Mal. Er kannte einen Ort in der Stadt, wo man sich derartiger Fälle entledigen konnte.

Zuerst mussten sie zur Busstation. Er bückte sich, griff den Sitzenden von hinten unter die Achseln und zog ihn hoch. Das funktionierte gut. Er ließ ihn zunächst an der Wand gelehnt stehen und nahm den Stuhl und den Geigenkasten. Ein junger Mann, vielleicht ein Student, ging vorbei.

»Können Sie uns helfen?«

»Auf keinen Fall«, lautete die Antwort. Der junge Mann machte einen freundlichen Eindruck, doch war ihm die Situation offenbar zu riskant.

»Nur bis zur Busstation«, bat Karl. »Können Sie das Fahrrad schieben? Können Sie die Geige nehmen? Und den Stuhl, bitte.«

Der junge Mann gab nach. Zu dritt bewegten sie sich die wenigen Meter zum Domplatz. Karl hatte Bernie untergehakt, halb zog er ihn, halb stolperte er. Eine Tüte fiel vom Fahrrad.

»Mein Werkzeug!«, rief Bernie. »Da ist kostbares Fahrradwerkzeug drin.«

»Können Sie die Tüte wieder dran machen? Danke.«

Glücklicherweise rollte ein Bus heran.

»Könnten Sie bitte alle Sachen in den Bus stellen?«

Jedes Mal hatte der Student die Anweisungen befolgt. Dann war er fortgelaufen.

Der Kranke stieß einen fürchterlichen Huster aus und flüsterte: »Wenn ich tot bin, erbst du meine Fahrräder. Versprochen.«

6

Als Jochen den Vorlesungssaal betrat, hatte die Veranstaltung bereits begonnen. Er stieg die Treppe hoch und setzte sich in eine der oberen Reihen. Einige Gesichter kamen ihm bekannt vor; er war nicht der einzige Jurastudent, der fand, dass ihm ein wenig Wissenschaftstheorie gut täte.

»Kehren wir zum ursprünglichen Gedanken der Naturgesetze als einem in Ableitungsbeziehungen stehenden, also deduktiv zusammenhängenden System von Aussagen zurück«, sagte mit kräftiger Stimme Professor Keller, der unten stand.

Jochen schrieb das Wort *Deduktion* in seinen Collegeblock. Auf dem Flipchart neben dem Professor stand *Falsifikationismus (Popper)*.

»Dieser Gedanke bedeutet, ausgeführt: Ein allgemeiner Satz einer Theorie hat seinen Notwendigkeits- oder strengen Allgemeinheitscharakter daher, dass er aus noch allgemeineren Sätzen abgeleitet wurde. Nur eine Deduktion kann einem Satz seine Allgemeinheit und Notwendigkeit verschaffen. Induktion ist dazu ungeeignet.«

Aufgrund der Glaswände konnte Jochen sein vor dem Vorlesungsgebäude angekettetes Fahrrad gut im Auge behalten.

»Dazu gibt es folgenden Einwand«, fuhr Professor Keller fort. »Die Sätze, die wir in der faktischen Wissenschaft besitzen, sind häufig nicht aus anderen abgeleitet.

Sie heißen manchmal sogar ausdrücklich phänomenologische Gesetze. Auch in wissenschaftlichen Erklärungen lassen wir oft allgemeine Sätze die Rolle von Naturgesetzen übernehmen, obwohl wir sie nicht ableiten können. Diesem Einwand kann man Folgendes entgegenhalten: Wir müssen unterscheiden zwischen der Herkunft und der Rechtfertigung eines Satzes. Diese Unterscheidung ist in der Philosophie kanonisiert als diejenige zwischen Genese und Geltung. So könnte uns etwa die richtige Lösung auf die Frage *Wie viel ergibt 2 und 2?* im Traum einfallen. Wir könnten auch überzeugt sein, dass dies die richtige Lösung wäre, und wenn die Antwort *4* lautete, dann wäre dies sogar die richtige Lösung. Die Antwort zu rechtfertigen ist jedoch Sache eines Beweises. Das heißt, die in der Antwort liegende Behauptung mag entstehen, wie sie will. Ihre Berechtigung hat sie nur durch eine Begründung.«

In diesem Moment sah Jochen, wie sich draußen eine ungewöhnlich gekleidete Gestalt den zahlreichen, in einer Reihe stehenden Fahrrädern näherte. In sein Smartphone notierte er aber: *Genesis ungleich Geltung.*

»Wenn wir dies unterscheiden, können wir sagen, dass die von Bacon vorgeschlagene Induktion, die wir im Alltag und der Wissenschaft oft am Werke sehen, ein wissenschaftlich kontrolliertes Verfahren zur Gewinnung – im Sinne der Genese – von Sätzen ist, die wir als Naturgesetze ansehen wollen, die aber für sich betrachtet nur Hypothesen sind. Bacons Idee des Tests einer aufgrund mehrerer Beobachtungen aufgestellten Allgemeinaussage unter verschiedenen Bedingungen soll verhindern, dass wir von vornherein abwegige, auf Zufällen beruhende Hypothesen aufstellen. Induktion ist demnach ein völlig

legitimes Verfahren zur Gewinnung von Gesetzeshypo-
thesen, aber nicht zur Gewinnung von Gesetzen.«

Jochen notierte: *Aus Induktion lassen sich keine Gesetze
ableiten.*

Die Gestalt draußen versuchte, zunächst vergeblich,
eines der Räder aus dem Fahrradständer zu ziehen. Jochen
fragte sich, ob der Mann identisch mit dem Besitzer des
Fahrrads war. Vermutlich nicht.

»Die durch Induktion gewonnenen Gesetzeshypothe-
sen zu rechtfertigen, also als Gesetze zu erweisen, ist dagegen Sache einer Herleitung aus allgemeineren Gesetzen.
Wie angedeutet, halten wir auch jene Sätze für allgemeine
Gesetze, für die wir eine solche Herleitung nicht besitzen.
Wenn wir einen Satz ohne Herleitung für ein Gesetz halten, dann sind wir offenbar überzeugt, dass es eine solche
Herleitung prinzipiell gibt, wenn wir sie auch nicht angeben können.«

Jetzt stand der Mann draußen mit verschränkten Armen neben dem Fahrrad. Es sah so aus, als wäre er auf
irgendetwas wütend. Und Jochen war nicht der Einzige im
Saal, dem der Vorgang jenseits des Fensters auffiel. Mehrere Studenten schauten mit Interesse in die gleiche
Richtung. Als der Mann eine Rohrzange hervorholte und
damit das Fahrrad (genauer: dessen Sicherungssystem)
bearbeitete (einigermaßen dilettantisch, fand Jochen),
blickte auch der Professor nach draußen. Damit war die
Vorlesung unterbrochen.

Niemand machte Anstalten einzuschreiten. Eine lange
Minute herrschte Schweigen im Saal. Dann fuhr Keller
mit seinem Vortrag fort, was bewirkte, dass sich die

Köpfe der Anwesenden wieder in seine Richtung wendeten.

»Diese Überlegung ist nicht auf Naturgesetze beschränkt, dazu ein Beispiel aus dem Alltag. Warum ist mein Fahrrad verschwunden? Die Kurzform könnte lauten: Jemand hat es gestohlen. Die explizite Form könnte lauten: Jemand, der kein Recht dazu hat, hat es wegbewegt. Das wäre die Prämisse. Das allgemeine Gesetz würde lauten: Wenn etwas von einem Ort wegbewegt wird, dann ist es nicht mehr da, gleich von dort verschwunden. Die explizite Form ist im Prinzip nötig, damit die Erklärung ein gültiges Argument wird. Im Alltag können wir sie unterdrücken, weil das entsprechende allgemeine Gesetz trivial ist. Die Explikation macht aber deutlich, dass ein allgemeines Gesetz beteiligt ist, ein Satz, der sich – in trivialer Weise – ergibt aus dem folgenden Satz: *Wenn etwas ein Gegenstand ist, der einen bestimmten Raum einnimmt, dann kann dieses Etwas nicht zugleich einen anderen Raum einnehmen. Nichts kann an zwei Orten zugleich sein.* Ist das überhaupt ein Naturgesetz? Oder vielleicht ein metaphysisches Gesetz? Das ist hier gleichgültig. Wichtig ist, dass wir von der streng allgemeinen beziehungsweise notwendigen Geltung dieses Satzes überzeugt sind, auch wenn wir kein Argument dafür besitzen. Diese Notwendigkeit überträgt sich in der erfolgreichen Erklärung auf das Explanandum.«

Als Jochen abermals durch das Fenster spähte, waren Mann und Rad verschwunden. Zum Glück war es nicht mein Rad, dachte er. Vielleicht gehört es dem Professor. Besser: gehörte.

7

Nach einer Woche Tätigkeit in Schwienhorsts Fahrradladen glaubte Jochen die wesentlichen Arbeitsabläufe verstanden zu haben. Seine Hauptaufgabe bestand darin, die Kundenwünsche in das EDV-System einzugeben und sie anschließend an die Fachkräfte zu verteilen: an den Fahrradmechaniker oder den Fahrradmechatroniker, die hinten in der Werkstatt arbeiteten. Der Unterschied zwischen einem Fahrradmechaniker und einem Fahrradmechatroniker war Jochen unklar, und irgendwie hatte er den richtigen Zeitpunkt verpasst, sich danach zu erkundigen. Das war aber nicht schlimm, die Arbeit erledigte, wer gerade Zeit hatte. Außerdem gehörte zu seinen Aufgaben, dass er Gegenstände durch das Geschäft transportierte, in der Regel Fahrräder.

An jenem Morgen, an dem ihm zum ersten Mal ein Fahrrad auf den Fuß gefallen war, erschien Schwienhorst in der Mitte des Eingangsbereichs zwischen der Kasse und dem Regal, in dem die Fahrradhelme lagen. Während er dort eine Weile verharrte, starrte er ratlos auf ein Päckchen, das er in der Hand hielt. Er wirkte wie jemand, der auf eine Antwort wartete. So wirkte er fast immer.

»Kann ich Ihnen helfen, Herr Schwienhorst?«

»Das ist an jemanden adressiert, der hier nicht mehr arbeitet«, sagte Schwienhorst, ging hinter den Kassenbereich und legte das Päckchen auf ein Regal, als wollte er nicht an eine unangenehme Sache erinnert werden.

»Müssen Sie zum Arzt?«

»Geht schon, Herr Schwienhorst«, sagte Jochen.

»Sie sagen, Ihnen ist dieses Rad da auf den Fuß gefallen?« Er deutete auf ein schwarzes Fahrrad, das in einer Ecke an der Wand lehnte. Jochen nickte.

»Das ist unmöglich.«

Was meint er?, überlegte Jochen. Meint er, dass mir etwas anderes auf den Fuß gefallen sein müsste?

»Und das Rad hing dort?«

»Ja.«

»Das geht nicht. Da ist noch nie ein Rad runtergefallen.«

»Glaub ich«, sagte Jochen. Es war höchst unwahrscheinlich, dass sich ausgerechnet in einem Fahrradgeschäft aus einer gewiss außerordentlich professionellen Hängevorrichtung ohne Grund ein Fahrrad löste, es sei denn, jemand stellte sich beim Herunterholen des Rades spektakulär ungeschickt an. Aber Jochen hatte das Rad keineswegs herunterholen wollen, er hatte einfach dort gestanden, und das Rad war ihm auf den Fuß gefallen.

Als Chef machte Schwienhorst einen guten Eindruck. Er sprach wenig und schaute meistens zufrieden aus. Wer genau hinsah, erkannte, dass er sein linkes Bein ein wenig nachzog. Keiner wusste, was der Mann den ganzen Tag über eigentlich trieb. Richtig arbeiten jedenfalls taten nur die beiden Festangestellten. Am ersten Tag hatten sie Jochen gefragt, ob er Lust habe, mit ihnen Darts zu spielen. Ein Student, der vor ein oder zwei Jahren hier gearbeitet habe, also sein Vorgänger, habe auch mitgemacht, der sei in diesem Spiel sogar recht gut gewesen.

Warum nicht?

Vom ersten Tag an spielten sie immer in der Mittagspause. Sie spielten nur um kleine Beträge, doch auf Dauer konnte es ins Geld gehen, denn es sah so aus, als würde in dieser Firma, wenn nicht gearbeitet wurde, vor allem Darts gespielt. Jochen verlor mehr oder weniger immer. Irgendwann, dachte er, würde er aussteigen müssen. Wenn die beiden Fahrradmonteure Pause machten, erwarteten sie, dass ihre Pfeile auf einem Brett in einer ordentlichen Reihe nebeneinander lagen und frischer Kaffee bereit stand. Im Gegenzug drückten sie ihr Verständnis aus, wenn Jochen irgendwas nicht wusste, schließlich war er nur die Hilfskraft. Das Fahrradgeschäft erwies sich als ungewöhnlich ausgedehnt. Der Kunde fuhr mit seinem Fahrrad auf einen Hof und musste es eine Rampe hinunterschieben. Der Laden vorn war normal groß, aber der Reparaturbereich hinten zog sich. Von einem Gang ging die Werkstatt ab, in der die Fachkräfte arbeiteten, dann kamen der geräumige Pausenraum, dann Schwienhorsts Büro, dann mehrere Abstellräume und die Toilette. Dahinter ging es nicht weiter, eine Eisentür versperrte den Zugang. Dort befand sich ein Raum, zu dem nur der Chef Zugang hatte. Das Fahrradgeschäft war so groß, dass ein Teil davon unter mehreren Häusern liegen musste, anders konnte man sich das alles nicht vorstellen.

Einmal hatte der Fahrradmechaniker im Scherz gesagt: »Dieses Fahrradgeschäft zieht sich durch die halbe Stadt.«

Am Morgen wurde ein grünes Damenfahrrad gebracht.

»Da ist so ein Geräusch«, sagte die Besitzerin, eine junge Frau. Jochen kam ihr Gesicht bekannt vor.

»Wo?«

Sie deutete mit ihrem Fuß auf das vordere Schutzblech. Jochen drehte das Rad. Er hörte nichts.

»Wann hören Sie es?«

»Eigentlich immer.«

»Ich höre nichts.«

»Ich jetzt auch nicht.«

»Wollen Sie das Rad hierlassen? Es dauert aber mindestens eine Woche, wir sind voll im Stress.«

»Okay. Die Vorderbremse zieht durch.«

»Zieht durch?«

»Hier, sehen Sie.«

»Stimmt, die zieht durch. Ich schreib das auch auf.«

Er schrieb es nicht auf, sondern gab den Befund in die Datenbank ein.

»Das Rücklicht.«

»Was ist damit?«

»Geht nicht.«

»Es geht doch, hier, sehen Sie.«

»Das andere.«

»Das ist ein Katzenauge.«

»Ein was?«

»Ein Rückstrahler ... er leuchtet nur, wenn er angestrahlt wird.«

»Wenn er angestrahlt wird. Und was ist, wenn er nicht angestrahlt wird?«

»Dann leuchtet er nicht.«

Offenbar glaubte sie ihm nicht. Jochen tat so, als würde er etwas eintippen.

»Machen Sie immer alles so kompliziert?«

Jochen sagte nichts. Der Kunde hat immer recht.

»Richtige Katzenaugen gibt's kaum noch«, sagte der Fahrradmechatroniker, als Jochen das grüne Fahrrad in die Werkstatt fuhr. »Gleich ist Pause. Spielst du 'ne Runde mit, Jochen?«

An diesem Tag spielte Jochen besonders schlecht. Sie spielten Fuchsjagd, und seine Darts fielen häufig auf den Boden.

Außerdem gab es noch eine Frage, die er loswerden wollte. »Was befindet sich eigentlich hinter der Eisentür?«

»Das weiß niemand außer Schwienhorst«, gab der Fahrradmechaniker zur Antwort.

»Ich glaube, dahinter liegt Schwienhorsts Folterkammer«, ergänzte der Mechatroniker, »was ich dir noch sagen wollte.«

»Was wolltest du mir noch sagen?«

»Dein Fahrrad. Mit dem solltest du nicht mehr herkommen.«

»Warum nicht?«

»Sieht zu schrottig aus. Macht einen schlechten Eindruck. Wenn dich die Kunden damit sehen.«

In Berlin hatte Jochen das Fahrrad jahrelang gefahren. Dort hatte sich niemand über sein Fahrrad beschwert. Vielleicht waren hier die Regeln anders. Vielleicht kam man in dieser Stadt nicht mal in die Clubs, wenn man mit einem schmutzigen Fahrrad vorfuhr. An dem das Schutzblech klapperte.

Vergleichsweise merkwürdig war Schwienhorst. Tagsüber sah man ihn selten. Einmal bat er Jochen kurz vor Dienstschluss in sein Büro.

Schwienhorst breitete eine Zeitung auf dem Schreibtisch aus. »Was halten Sie davon?«, fragte er.

»*Ich liebte den Huren-Killer.* Meinen Sie das?«

»Was ist Ihre Meinung?«

»Ob man so was drucken darf?«

»Nein, ich meine, das fordert doch eine Reaktion?«

Jochen wusste nicht, was er sagen sollte.

»Mich macht das betroffen«, sagte Schwienhorst. »Eine Frau, die einen Mörder liebt. Das ist entsetzlich!«

»Ziemlich schlimm«, sagte Jochen. »Aber vielleicht hatte sie ihre Gründe.«

»Und welche könnten das sein?«

»Steht das nicht in dem Artikel?«

»Eben nicht.« Geräuschvoll wühlte Schwienhorst in dem Papier. »Das Wichtigste steht nie in der Zeitung«, sagte er traurig.

»Ich glaube, dass gewalttätige Männer eine Faszination auf gewisse Frauen ausüben«, sagte Jochen versuchsweise.

»Aber das ist absurd. Sie war übrigens seine Verteidigerin. Er hat sich umgebracht. In seiner Zelle.« Offenbar hatte sich Schwienhorst mit dem Fall intensiv beschäftigt.

»Manche Frauen bilden sich ein, sie könnten so einen Typen retten«, sagte Jochen.

Schwienhorst blickte Jochen verständnislos an. »Manchmal glaube ich, die Welt ist verrückt«, sagte er langsam.

»Manchmal denke ich das auch.«

»Ich stelle fest, Sie haben sich auch Ihre Gedanken gemacht.«

»Worüber?«

»Über die Abgründe der Seele.«

»Kann sein … sollte sich über dieses Thema nicht jeder manchmal Gedanken machen?«

»Es wäre schön, wenn es so wäre«, seufzte Schwienhorst. »Aber die meisten machen sich keine Gedanken.«

»Kommt mir auch so vor.«

Als würde er einen neuen Gedanken suchen, sah Schwienhorst aus dem Fenster. Durch das Fenster konnte man nicht richtig blicken, sie befanden sich im Keller. Dann sagte er: »Es muss fürchterlich sein, jahrelang angekettet in einem Verließ zu sitzen. Bei Wasser und Brot.«

»Ich glaube, heutzutage werden die Gefangenen nicht mehr angekettet. Jedenfalls nicht in Deutschland«, sagte Jochen.

Schwienhorst blickte ihn an, als würde er kein Wort glauben.

»Ich habe noch einen Termin«, sagte Jochen.

»Alles klar«, sagte Schwienhorst. Dann fügte er hinzu: »Man kann sich gut mit Ihnen unterhalten. Wir sollten uns öfter unterhalten. Was meinen Sie dazu?«

8

An einem Freitag waren Jochen, Ben und Fietze mit einem Leihwagen ins Möbelhaus gefahren, um für Jochens Zimmer ein Regal und einen Schwingsessel zu besorgen. Jochen hatte auch an die grünen Handtücher gedacht, die mittlerweile an den grünen Haken hingen. Den Samstagmorgen verbrachte er damit, die Teile seiner neuen Möbel zusammenzuschrauben. Für die größeren Bücher und Aktenordner war das neue Regel zu klein, aber es gab noch Bernwards Kommode. In einer der ansonsten leeren Schubladen entdeckte er ein Foto. Es zeigte eine neblige Wiesenlandschaft mit einem Tümpel. Am Ufer, halb im Wasser, lag ein schwarzes Fahrrad. Das Ganze machte den Eindruck eines künstlerischen Arrangements, und gleichzeitig wirkte es wie die Aufnahme eines Tatorts. Er beschloss, das Foto seinen Mitbewohnern zu zeigen, sobald sie vom Markt zurück waren. Als er Richtung Küche ging, um sich einen Tee zu bereiten, fiel ihm auf, dass die Tür von Fietzes Zimmer halb offen stand. Er sah das zerwühlte Bett und die Umrisse einer Gestalt, verborgen unter der Decke, und stellte sich vor, wie die schlafende Frau, vermutlich Fietzes Freundin, aussah. Lange, schwarze Haare, schwarze Jeans, schwarze Lederjacke.

Gegen zwei trafen die beiden ein. Die zahlreichen Leinenbeutel, die sie dabei hatten, verbreiteten die Behaglichkeit eines erfolgreich getätigten Großeinkaufs. Als alles eingeräumt war und sie am Tisch saßen, erkundigte sich

Fietze, wie es eigentlich seinem Fahrrad gehe. Er hatte es vor zehn Tagen zu Schwienhorst gebracht.

»Bei uns ist momentan viel zu tun«, sagte Jochen, und wohl wissend, dass Fietze nicht nur ein Rad besaß, fragte er: »Wie sieht es denn aus?«

»Ein schwarzes Hollandnostalgierad als Sondermodell mit Niro-Felgen, englischem Chrombügel, Nolstalgieklingel mit Münstermotiv und halb abgeknibbeltem Jovel-Aufkleber an der unteren Rohrstrebe«, lautete die Antwort.

»Das Rad ist fertig«, sagte Jochen. »Kannst du Montag abholen.«

»Alles klar.« Fietze drehte sich um, schaltete das Fernsehgerät ein und den Ton aus.

»Wie läuft es im Geschäft?«, erkundigte sich Ben.

»Ich komme zurecht«, sagte Jochen. »Die Leute sind nett, der Chef auch. Der ist fast zu nett.«

»Was meinst du damit?«

»Er redet gern.«

»Was soll daran schlecht sein?«

»Ich meine, eigentlich sieht man ihn kaum im Laden, aber nach Dienstschluss geht es los.«

»Was geht los?«

»Er will reden. Über alles, was in der Zeitung steht.«

»Ich würde das nicht so eng sehen«, sagte Ben. »Vielleicht ist, was in der Zeitung steht, interessant.«

»Eigentlich möchte ich selber aussuchen, was mich interessiert.«

»Wer kann das schon bei der Arbeit?«

»Bei der Arbeit ist das in Ordnung, aber nicht nach Dienstschluss.«

Jetzt mischte sich Fietze ein. »Du musst es als Bestandteil deines Jobs verstehen. Schwienhorsts Frau ist vor ein paar Jahren gestorben. Der braucht jemanden zum Reden.«

»Es ist nicht schlimm, nach Dienstschluss ein paar Worte mit dem Chef zu reden. Länger als eine Stunde dauert es nie«, sagte Ben.

»Stimmt«, sagte Jochen. »Diese so genannten Gespräche dauern immer exakt eine Stunde. Woher weißt du das?«

Ben warf einen Blick auf Fietze und sagte: »Ich würde es einfach akzeptieren. Schließlich willst du dazu gehören, oder?«

»Was meinst du mit *dazu gehören*?«

»Ich meine, du als Berliner … wie soll ich es ausdrücken … schau mal: Das ist Provinz hier. Es gibt gewisse Gewohnheiten …«

»Rituale«, sagte Fietze.

»Meistens redet Schwienhorst«, sagte Jochen. »Er nimmt die Zeitung und redet über den Mietspiegel, das Freibad Coburg, die Rieselfelder und den neuen Schulleiter des Ratsgymnasiums.«

»Das sind gute Themen!«, sagte Fietze.

»Es sind Themen, die den Leute auf den Nägeln brennen«, fügte Ben hinzu. »Warum sollte man sich genau darüber nicht unterhalten?«

»Selbstverständlich soll, ja, muss man sich darüber unterhalten«, sagte Jochen. »Aber nicht jeden Tag.«

»Wieso jeden Tag? Meines Wissens wechselt er seine Themen ständig. Jeden Tag steht was anderes in der Zeitung.«

»Ihr versteht mich nicht«, sagte Jochen. »Hart gesagt: Ich habe das Gefühl, dass der Mann nicht ganz richtig im Kopf ist.«

Ben sah Fietze an, Jochen sah auf den Fernsehschirm. Gerade wurde die Liveübertragung einer skandinavischen Prinzessinnenhochzeit gesendet. Unwillkürlich überkam ihn der Wunsch, der jungen Frau auf ihre monströse Schleppe zu treten.

»Das ist in der Tat hart«, sagte Ben und sah ebenfalls Richtung Fernsehgerät.

»Eine schwere Beschuldigung«, sagte Fietze.

»Ich würde so etwas nicht laut äußern«, sagte Ben. »Wenn seine Kunden es mitkriegen, könnte es ihn ruinieren.«

»Einigen wir uns darauf, dass er ein bisschen komisch ist?«, schlug Jochen vor.

»Meinetwegen«, sagte Fietze. »Ein bisschen komisch ist er schon. Aber er zahlt gut, das musst du zugeben.«

»Das gebe ich zu«, sagte Jochen. »Und jetzt möchte ich nicht mehr über Schwienhorst sprechen.« Er legte das

Foto auf den Tisch. »Wisst ihr, was das ist? Ich hab es in Bernwards Kommode entdeckt.«

»Ich würde sagen, das ist ein Foto«, sagte Fietze in einem Ton, der keinen Zweifel zuließ.

»Ich würde sagen, das ist ein Fahrrad«, sagte Ben.

»Das ist bestimmt in den Rieselfeldern gemacht worden«, sagte Fietze. »Ich glaube, genau in dieser Ecke bin ich mal gewesen. Die Bäume links kommen mir bekannt vor.«

»Das ist Bernwards Rad«, sagte Ben.

»Woher weißt du, dass es Bernwards Rad ist?«, fragte Fietze.

»Der violette Fahrradkorb. Es gibt kein anderes Fahrrad in Münster, das einen violetten Fahrradkorb hat.«

Fietze nahm das Foto und kniff die Augen zu. »Meines Erachtens ist der Fahrradkorb rosa.« Er legte das Foto auf den Tisch. »Ich denke, du hast recht. Das Rad mit dem *rosa* Fahrradkorb ist eins von Bernwards Rädern.«

»Was macht Bernwards Fahrrad allein in den Rieselfeldern?«, fragte Jochen. »Und warum fotografiert er sein Fahrrad?«

»Ich glaube nicht, dass Bernward das Foto gemacht hat, was meinst du, Ben?«, sagte Fietze.

»Ich kann mir sehr gut vorstellen, dass er die Aufnahme gemacht hat«, sagte Ben. »Am Ende war er immer allein unterwegs. Es gibt niemanden außer ihm, der dieses Foto hätte machen können.«

»Was meinst du mit *am Ende*?«, fragte Jochen.

»Bernward war am Ende ziemlich komisch«, erklärte Ben.

»Bernward war sehr komisch«, sagte Fietze. »Besonders am Ende.«

»Wenn du mich fragst: Er war von Anfang an komisch«, sagte Ben. Er nahm das Foto. »Das Rad liegt auch irgendwie komisch an dem Teich oder was das ist.«

»Was meint ihr mit *komisch*?«, fragte Jochen.

»Wollen wir es ihm sagen?«, fragte Fietze.

»Was meinst du?«, fragte Ben.

»Du weißt schon«, sagte Fietze.

»Was meinst du mit *Du weißt schon*, kannst du dich nicht deutlicher ausdrücken?«, fragte Ben.

Jochen sah aus, als würde er dasselbe denken.

Fietze nahm einen Schluck Tee, verschränkte die Arme und sagte gelassen: »Jetzt sag ich gar nichts mehr.«

»Was ist hier eigentlich los?«, rief Jochen.

»Das kannst du nicht wissen, Jochen«, sagte Ben. »Ist 'ne interne Sache. Es geht halt darum, dass wir Bernward unterschiedlich interpretieren.«

Fietze sagte nichts.

»Interpretieren?«, fragte Jochen.

»Bernward war ein ganz eigener Mensch«, sagte Ben. »Er ist immer seine eigenen Wege gegangen, hat sein Ding gemacht, wenn du verstehst, was ich meine.«

»Er war stur«, sagte Fietze, immer noch mit verschränkten Armen.

»Ehrlich gesagt, ich verstehe überhaupt nichts«, sagte Jochen.

»Da hast du's«, sagte Fietze. »Warum versuchst du, Dinge zu erklären, die man nicht erklären kann?«

»Lass mich machen, Fietze«, sagte Ben und fuhr fort. »Bernward hat Theologie studiert. Wie ich. Die Sache, ich würde fast sagen, das Problem war: Er hat sein Studium sehr ernst genommen. Manche sagen, er sei zu ernst bei der Sache gewesen. Bernward kommt aus einer sehr katholischen Familie. Altes Bauerngeschlecht. Traditionell musste immer einer der Söhne Theologie studieren. Er hat also getan, was er musste, aber er hat es auch gehasst. Es war ihm wichtig, und gleichzeitig hat er es gehasst.«

Ein Stuhl fiel krachend auf den Boden. Unter dem Ausruf *Das kann niemand aushalten!* war Fietze aus der Küche gelaufen.

»Was hat er?«, fragte Jochen.

»Achte nicht auf ihn«, sagte Ben. »Wenn es um Bernward geht, ist Fietze hochsensibel. Was ich sagen wollte: Bernward ist irgendwann komisch geworden. Hat sich zurückgezogen. Kam nicht mehr ins Seminar.«

»Warum?«

Er hat irgendwann neue Leute kennengelernt. Äußerst merkwürdige Leute waren das.«

»Hör bitte auf!«, ertönte die Stimme von Fietze, der auf dem Flur stand und mithörte.

»Jedenfalls haben wir überhaupt keinen Zugang mehr zu ihm bekommen. Er saß den ganzen Tag in seinem Zimmer und hat irgendwelche Bücher studiert.«

»Was für Bücher?«

»Fahrradbücher, Fahrradkataloge und solche Sachen.«

»Vielleicht hat er sich ein Hobby zugelegt?«

»Hätte ich auch gedacht.« Ben sah Jochen durchdringend an. »Normalerweise. Aber bei Bernward war nichts normal.«

»Warum sprichst du von ihm in der Vergangenheit?«

»Weil ich, ehrlich gesagt, nicht glaube, dass er zurückkommt.«

An dieser Stelle betrat Fietze die Küche und setzte sich wieder, als hätte er es auf dem Flur nicht ausgehalten. »Ich bin sicher, dass er zurückkehrt«, sagte er.

»Das sehe ich anders«, widersprach Ben.

»Er hat seine geliebten Fahrräder im Keller gelassen«, sagte Fietze.

»Das ist kein Argument. Er wird sich neue Fahrräder besorgt haben.«

»Ich habe allmählich den Eindruck, hier will sich jemand als Bernwardkenner aufspielen«, sagte Fietze. »Sag, Jochen, hast du nicht auch den Eindruck, dass sich jemand in diesem Zimmer einbildet, ein ganz großer Bernwardkenner zu sein?«

»Ich halte mich da raus«, sagte Jochen.

»Ich will dir was sagen, Benedikt«, rief Fietze. »Ich wette, Bernward steht in Kürze auf der Matte, setzt sich an seinen Schreibtisch und fängt an, seine Arbeit über die Wiedertäufer zu Ende zu schreiben!«

»Er kann sein Zimmer nicht bekommen, darin wohnt jetzt Jochen«, sagte Ben. »Und seinen Schreibtisch hast du verkauft, falls du dich erinnerst.«

»Selbstverständlich erinnere ich mich«, sagte Fietze würdevoll und goss Tee in seine Tasse.

»Was für Täufer?«, fragte Jochen.

Fietze war oder tat erstaunt. »Du lebst in dieser Stadt und kennst die Wiedertäufer nicht? Das kann ich nicht glauben.«

»Reg dich nicht auf, Fietze«, sagte Ben. »Er ist bestimmt nicht der Einzige.«

Doch Fietze ließ nicht locker. »Pass auf. Im Dreißigjährigen Krieg sind hier die Taliban aufgetaucht und haben das Rathaus besetzt. Die kamen aus Holland und wollten, dass alle Katholiken protestantisch werden. Und falls nicht – verbrannt! So lief das nämlich. Die haben die Frauen gezwungen, sich zu verhüllen und die Erwachsenentaufe eingeführt. Und die Vielweiberei. Alle mussten ständig beten. Die Statuen in den Kirchen wurden zerstört. Sie konnten nur besiegt werden, weil sich der Papst mit dem Kaiser verbündet hatte. Monatelang hielt sich die Stadt, aber dann wurde sie geschleift. Ein Massaker. Die Anführer wurden geteert und gefedert und im Zoo in Käfige gesteckt.«

»An dem, was du sagst, stimmen ein paar Worte«, sagte Ben nachdenklich. »Und zwar die Worte *die, sie, im* und *dann*.«

»Moment.« Jochen zückte sein Handy, suchte irgendwas und hielt das Gerät Fietze hin. »Lies selbst.«

»Ihr könnt mich mal.« Abermals stand Fietze auf und verließ die Küche.

»Jetzt hast du ihn vertrieben«, sagte Ben und sah Jochen vorwurfsvoll an.

Am Nachmittag war Jochen allein. Er arbeitete drei oder vier Stunden in seinem Zimmer. Irgendwann verspürte er ein merkwürdiges Gefühl, das mit der halb offenstehenden Tür von Fietzes Zimmer zu tun hatte. Noch immer lag etwas unter der Bettdecke. Er nahm allen Mut zusammen, trat in das Zimmer und zog vorsichtig die Decke zur Seite. Auf dem Bett lag ein schwarzes Fahrrad.

9

A m nächsten Tag hielt sich Schwienhorst, was selten vorkam, im Verkaufsraum auf, als ein Kunde den Laden betrat. Es ging um ein Standardproblem.

»Mein Fahrrad rappelt.«

Schwienhorst packte das Rad am Oberrohr und ließ es mehrmals fallen.

»Es rappelt nicht. Wann hören Sie es denn rappeln?«

»Eigentlich immer«, sagte der Kunde. »Besonders heftig rappelt es, wenn ich über den Prinzipalmarkt fahre. Wegen des Kopfsteinpflasters.«

»Verstehe. Das ist normal. Haben Sie das Rad bei uns gekauft?«

Der Kunde verneinte. Er schien ein schlechtes Gewissen zu haben.

»Wir können uns das gern mal anschauen«, sagte Schwienhorst, wie jemand, der keine Hoffnung hat.

»Wie lange würde es dauern?«

»Patrick!«

Der Fahrradmechaniker steckte den Kopf durch die Tür.

»Der Kunde hier behauptet, sein Rad würde rappeln. Wie sieht es bei euch aus?«

»Nicht unter zwei Wochen«, sagte Patrick. »Wir sind voll im Stress.«

»Ach so.« Der Kunde machte den Eindruck, als wäre es ihm unangenehm, den Betrieb mit seinem banalen Anliegen aufzuhalten.

»Moment«, sagte Schwienhorst. Er marschierte hinter den Kassenbereich, kam mit einem Schraubenzieher zurück, ging in die Knie und stocherte und drehte eine Weile am Rahmen des Fahrrads herum.

»So«, sagte er, nachdem er sich ächzend erhoben hatte. »Das wird eine Weile halten.«

»Was bin ich Ihnen schuldig?«

»Geht aufs Haus«, sagte Schwienhorst. »Haben Sie ein vernünftiges Fahrradschloss? Ich meine, dieses Schloss ist hoffentlich nicht das einzige, mit dem Sie Ihr Rad sichern.«

»Doch.«

»Warten Sie mal.« Schwienhorst ging in den hinteren Bereich des Raums und kehrte mit einem monströsen Bügelschloss zurück. »Dieses empfehle ich Ihnen eindringlich. Die Zahl der Fahrraddiebstähle in Münster hat sich im letzten Jahr verdreifacht. Das Schloss wurde von der Stiftung Warentest mit gut bewertet, fünf waren gut, keines war sehr gut. Falls Ihnen an Ihrem Fahrrad etwas liegt.«

Jochen, der alles mitbekam, fand immer mehr, dass Schwienhorst ein gerissener Geschäftsmann war.

»Kein einfacher Kunde«, sagte er, als der Kauf getätigt und der Kunde verschwunden war.

»Jeden Tag steht einer auf, den man fangen kann«, lautete die Antwort.

»Guter Spruch. Stimmt es wirklich, dass sich im letzten Jahr die Zahl der Fahrraddiebstähle in Münster verdreifacht hat?«

Schwienhorst winkte ab. »Was weiß ich? Aber es ist glaubhaft. Und darauf kommt es an. Was glaubhaft ist, ist wahr.«

»Weil es glaubhaft ist, kriegen die Leute immer mehr Angst.«

»Richtig. Angst kurbelt den Umsatz der Security-Industrie an. So ein Fahrrad ist nur ein kleiner Baustein in einem größeren Bild.«

Nicht zum ersten Mal kam das Gespräch auf Fahrraddiebstähle. Es war ein Thema, das Schwienhorst zu beschäftigen schien.

»Wissen Sie, Jochen«, sagte er, »ich rede nicht gern darüber, aber einer meiner früheren Angestellten, im Grunde war er mehr oder weniger Ihr Vorgänger, wurde irgendwann als Fahrraddieb entlarvt.«

»Tut mir leid«, sagte Jochen. »Da haben Sie den Bock zum Gärtner gemacht.«

»Das können Sie laut sagen. Dieser junge Mann hat anfangs einen absolut seriösen Eindruck gemacht. So wie Sie.«

»Und dann haben Sie ihn erwischt.«

»Genau. Ich habe ihn erwischt, als er mit drei superteuren Rennrädern abziehen wollte. Die Polizei hat seine

Wohnung durchsucht und im Keller Dutzende gestohlene Fahrräder gefunden.«

»Das ist hart.«

»Nicht so schlimm. Keins der Räder stammte aus diesem Geschäft. Der Junge war wohl in der ganzen Stadt unterwegs.«

Ein Mann betrat den Laden, stellte sein Rad in der Mitte der Verkaufsfläche ab und begann, das an den Wänden hängende Fahrradzubehör zu studieren. Jochen kannte ihn, es war Professor Keller. Sein Fahrrad hatte einen Holzrahmen. Jochen hatte so ein Fahrrad noch nie gesehen. Auch Schwienhorst starrte auf das Fahrrad. Als aufmerksamer Verkäufer näherte sich Jochen dem Kunden.

»Ich suche eine Fahrradhupe«, sagte Keller.

»Eine Hupe … wir haben verschiedene Fahrradklingeln«, sagte Jochen.

»Ich habe mich präzise ausgedrückt. Eine Hupe.«

Jochen durchforschte die Zubehörauslage. Was nicht gut war, ein Verkäufer sollte immer gleich wissen, wo was war. An einem abgelegenen Ständer machte er eine Entdeckung. »Das ist eine Hupe«, sagte er lahm. Die Hupe hatte die Gestalt eines grinsenden Haifischs. Auf der Halterung war in geschwungener Schrift das Wort *Sharky* zu lesen. Jochen war nicht überrascht, dass sein Angebot unverzüglich abgelehnt wurde.

»Das ist was für Kinder. Verfügen Sie über keine Ausrüstungsobjekte, die ästhetisch zu meinem Rad passen?«

Irgendwie hatte Jochen das Gefühl, sich in einer Art Prüfung zu befinden. Hilfesuchend blickte er in Richtung Schwienhorst. Der war bereits näher getreten.

»Suchen Sie eine Nostalgiehupe?«, erkundigte er sich.

»Klingt schon besser«, sagte Keller.

»Moment.« Schwienhorst verschwand in den hinteren Räumen. Keller warf einen Blick auf Jochen, als wäre dieser durch die Prüfung gefallen.

Nach quälenden Minuten erschien Schwienhorst. Er hatte tatsächlich eine Hupe dabei. Sie war wie ein Posthorn geformt, mit einem grotesk großen Schalltrichter. Jochen stellte sich darauf ein, dass etwas Peinliches geschehen würde.

»Diese Hupe gehört zu einer Sonderedition«, sagte Schwienhorst. »Limitierte Auflage. Ein Sammelobjekt.«

»Perfekt«, sagte Keller. »Könnten Sie die Hupe gleich montieren?«

Schwienhorst zog den Schraubenzieher aus seiner Jackentasche. »So in Ordnung?«, fragte er nach eine Weile. Das Ganze sah aus wie eine Hupe mit angehängtem Fahrrad. Keller betätigte die Hupe. Das Geräusch klang wie der Furz eines ziemlich großen Tieres.

»Sehr gut«, sagte Keller.

»Ein interessantes Fahrrad haben Sie da«, sagte Schwienhorst. »Darf ich fragen, wo Sie es gekauft haben?«

»Im Schwarzwald«, erwiderte Keller. »Das ist echte Handarbeit. Kirschholz aus zertifizierter Quelle. Fahrkomfort und Ökobilanz sind Spitzenklasse.«

»Es ist wunderschön«, ergänzte Jochen. »Ich habe noch nie so ein schönes Rad gesehen. Die Reifenfarbe passt perfekt. Das ist Creme, oder?«

»Was haben Sie dafür bezahlt?«, fragte Schwienhorst.

»Viertausendsiebenhundert«, sagte Keller. »Bremsen, Schaltung und Reifen habe ich selber ausgesucht.«

»Ich sehe an dem Rad kein Schloss«, sagte Schwienhorst.

»Dieses Rad benötigt kein Schloss«, sagte Keller. »Weil es so auffällig ist. Ein Dieb würde es niemals loswerden.«

»Sie müssen wissen, was Sie tun. Aber Sie gehen ein ungeheures Risiko ein. Ich habe meinem Kollegen gerade von jemandem erzählt, der Fahrräder gestohlen hat, aber nicht, um sie zu verkaufen. Er hat sie gehortet, um sie sich zu Hause anzuschauen.«

»Läuft der immer noch in Münster rum?«

»Ich befürchte, dass er nicht läuft, sondern Fahrrad fährt.«

»Möglicherweise habe ich ihn vor kurzem bei einem Fahrraddiebstahl beobachtet. Leider konnte ich nicht eingreifen, weil ich dabei war, eine Vorlesung zu halten.«

»Sehen Sie!«

»Können Sie mir ein paar von Ihren Schlössern zeigen?«

Schwienhorst holte mehrere Fahrradschlösser und breitete sie auf der Kassentheke aus. »Das ist ein Panzerkabelschloss. Das ist ein Faltschloss. Und das ein Bügelschloss mit patentiertem 13 mm-Vierkant-Parabolbügel.

Die fünf mm starken Stäbe und der Schlosskörper aus speziell gehärtetem Stahl sind bewährt gegen Bolzenschneider- und Sägeattacken. Übrigens wurde es von Stiftung Warentest mit gut bewertet, fünf waren gut, keines war sehr gut.«

Ohne lange zu überlegen, entschied sich Keller, alle drei Schlösser zu kaufen. Dazu zwecks Aufbewahrung der Schlösser eine spezielle Fahrradtasche, die man um den Rahmen hängen konnte. Sie machte das Rad nicht gerade schöner.

Jochen betätigte die Hupe. An der Tür zur Werkstatt erschien das spöttische Gesicht des Fahrradmechanikers.

»Was macht das?«, fragte Keller.

»Moment.« Schwienhorst tippte an der Kasse. »Alles zusammen dreihundertfünfzehn.«

Nach Geschäftsschluss meldete sich Jochen in Schwienhorsts Büro zum Gespräch. Offenbar hatte das Holzrad den Chef beeindruckt. Stand es für einen Trend? War sein Fachgeschäft drauf und dran, den Anschluss zu verpassen, an was auch immer? Jochen, erleichtert, einmal nicht über Zeitungsartikel diskutieren zu müssen, vertrat die These, dass es sich um eine Modeerscheinung handle, von der man sich nicht beeindrucken lassen dürfe. In Berlin habe er niemals jemanden gesehen, der ein Fahrrad aus Holz benutzte.

»In Berlin würden sie ein Holzrad sofort anzünden«, verkündete Schwienhorst, wobei er offen ließ, wen er mit *sie* meinte. »Aber hier sind wir in Münster. Vielleicht ist soeben ein Trendsetter vorbeigekommen und hat ein Zeichen gesetzt.«

»So ein Rad würde ich nicht in der Stadt abstellen«, sagte Jochen, »selbst wenn ich es mit zehn Schlössern ausgerüstet und zusätzlich noch einen Kampfhund drangebunden hätte.«

»Verstehe. Schauen Sie mal.« Schwienhorst öffnete eine Schublade und reichte Jochen einen Zeitungsausschnitt. In dem Artikel ging es um die angeblich dramatisch gestiegene Zahl von Fahrraddiebstählen.

»Schlimm«, sagte Jochen und gab Schwienhorst das Papier zurück.

»Was schließen Sie daraus?«, fragte Schwienhorst.

»Dass Sie noch mehr Schlösser verkaufen können.«

»Mag sein. Aber was bedeutet es politisch?«

»Politisch?«

»Ich kann Ihnen meine Meinung sagen. Soll ich Ihnen meine Meinung sagen?«

Jochen war nicht nach Meinungen zumute, dennoch nickte er.

»Die Zeiten werden rauer. Viel rauer«, murmelte Schwienhorst und blickte an Jochen vorbei. »Und das ist nur der Anfang.«

»Anfang wovon?«

»Es wäre schön, wenn wir das wüssten. Denn dann könnten wir uns dagegen wappnen.«

»Wogegen? Und wer sind *wir*?«

»Das ist der Punkt, Jochen. Wir wissen nicht mehr, wer wir sind. Das macht uns schwach.«

»Als Radfahrer?«

»Auch als Radfahrer. Wie gesagt, das alles ist nur der Anfang. Meiner Meinung nach. Aber Sie sind natürlich frei, meine Meinung für Schwachsinn zu halten.«

»Das würde ich nie tun, Herr Schwienhorst.«

Jochen wusste nicht, was Schwienhorsts Meinung war. Offenbar schien es sich um eine Meinung zu handeln, die aus irgendwelchen Gründen nicht offen geäußert werden durfte.

»Ich hätte da eine Bitte, Herr Schwienhorst. Aber verstehen Sie mich nicht falsch.«

»Kein Problem, schießen Sie los!«

»Ich würde mich künftig nicht mehr so gern nach Dienstschluss mit Ihnen über Zeitungsartikel unterhalten. Ich stehe ziemlich unter Druck, ein paar wichtige Prüfungen. Ich möchte meinen Kopf frei halten.«

Schwienhorst nickte. »Ich verstehe Sie gut«, sagte er. »Ich frage mich manchmal auch, ob wir uns … ich meine, wir alle … ob wir uns nicht zu sehr mit dem ganzen Unsinn belasten, der täglich in der Zeitung und im Internet steht.«

»Danke, Herr Schwienhorst.«

Der Fahrradhändler lehnte sich in seinem Chefsessel zurück und sagte: »Vergessen wir die Zeitungsartikel. Reden wir über Sie. Erzählen Sie mir ein wenig von Ihrer Vergangenheit. Und lassen Sie bitte kein Detail aus.«

10

Seit einigen Tagen hauste in Karls Wohnung ein Eremit. Meistens saß er in einer bestimmten Ecke des Wohnzimmers und rührte sich nicht. Er war nahezu vollständig in die raue Decke gehüllt, die ihm Karl zum Schlafen überlassen hatte, lediglich ein Haarschopf und, warum auch immer, ein schwarzer Spazierstock ragten aus den Falten. Ab und zu bewegte sich eine Hand aus der Decke und griff nach einem Buch, einer Bibel. Las der Eremit, so sprach er die Worte leise mit.

Karl hatte keine Erklärung dafür, warum sich Bernie so seltsam verhielt. Gut, dass sein Mitbewohner nicht mehr hustete. Vielleicht war er nicht richtig krank gewesen. Es war nicht das erste Mal, dass Karl einen Kumpel in seiner Wohnung übernachten ließ; in der Vergangenheit hatte es schwierigere Gäste gegeben, etwa jenen, der eines Nachts wie am Spieß geschrien und nicht mehr aufgehört hatte, bis Karl einen Arzt gerufen hatte. Der war auch gleich erschienen, und zwar in Begleitung der Polizei. Unangenehme Sache. Aber einen wie Bernie hatte Karl noch nie bei sich gehabt.

Karl hatte selber kaum Geld, die Zweizimmerwohnung konnte er sich nur leisten, weil er seit beinahe dreißig Jahren darin wohnte und aus unklaren Gründen versäumt worden war, die Miete zu erhöhen.

Manchmal stand Bernie auf und schlich, das Buch in der Hand, ins Badezimmer oder in Richtung Kühlschrank. Dabei sagte er nichts, und wenn ihn Karl ansprach, machte er abwehrende Bemerkungen im Sinne von *Ich komm schon klar.*

Es war Karl, der nicht klar kam. Doch er brachte es nicht übers Herz, seinen Gast vor die Tür zu setzen. Außerdem kostete der ihn fast nichts, mehr als Milch und Nüsse schien er nicht zu benötigen. Karl versuchte es mit Musik. Er spielte seinem Besucher etwas auf der Geige vor. Das schien diesem zu gefallen. »Mach weiter!«, brummte es aus der Decke. Karl fühlte sich geschmeichelt, denn so eine Bemerkung hörte er nie, wenn er auf dem Prinzipalmarkt stand. Im Gegenteil.

Irgendwann war der Eremit verschwunden. Karl hatte ihn schon fast vergessen, da tauchte er wieder auf. Zwei Wochen waren vergangen. Es klingelte, und der Eremit stand, wortlos wie immer, vor der Haustür. Als wäre nichts geschehen, hüllte er sich in seine Decke und ließ den Stock rausgucken. Auf diese Weise können wir zusammen alt werden, dachte Karl.

Am nächsten Tag lag ein Stück Fahrradschutzblech auf dem Tisch. Karl ging damit zu Stock und Decke und erkundigte sich nach der Bedeutung des auffälligen Zeichens.

»Für dich«, brummte es aus der Decke hervor.

So ging es weiter. Am folgenden Tag ein weiteres Schutzblech, dann Bremsen, Gangschaltung, Rücklicht. Karl reimte es sich so zusammen: Bernie wollte sich für seine Aufnahme mit Fahrradbestandteilen bedanken. Karl legte sie in der Küche auf den Boden. Wenn das Fahrrad vollständig wäre, müsste er nur noch einen Experten finden, der ihm alles zusammenbauen könnte. Was vermutlich so viel kosten würde wie ein neues Fahrrad. Aber es war immer gut, ein zweites Fahrrad zu haben, vor allem in dieser Stadt, wo nur wenige mit einem einzigen auszukommen glaubten.

An jenem Tag, an dem er den Rückstrahler vor seinem Bett fand, griff Karl nach Bernies Bibel und blätterte darin. Die Bibel wird sofort unglaubwürdig, wenn ein Detail geändert wird, dachte er, selbst wenn es sich um etwas Nebensächliches wie Leibesumfänge handelt. Die Bibel spricht nie über Leibesumfänge, was aus heutiger Sicht, da die Beobachtung und der Vergleich von Leibesumfängen eine gesellschaftlich bedeutende Rolle spielen, sogleich auffallen. Zum Beispiel Jesus als dicker Mann am Kreuz. Verrückte Vorstellung, aber würde sowas den Glaubenskern verändern? Gewiss doch! Aber warum nur? Karl zog den Rückstrahler aus der Jackentasche. Wenn Jesus auf einem Fahrrad durch Jerusalem gefahren wäre, vorausgesetzt, es hätte seinerzeit bereits Fahrräder gegeben, was so unwahrscheinlich nicht war, stellte sich die Frage, ob er in der Lage gewesen wäre, überhaupt genügend Jünger einzusammeln. Denn damals hätte ein Fahrradfahrer automatisch zu den Privilegierten gehört. Vielleicht waren das alles bloße Äußerlichkeiten, doch wenn man sie auf keinen Fall verändern durfte, dann waren es eben keine. Während es sich heutzutage selbst der Papst erlauben konnte, im Vatikan auf einem Fahrrad umher zu fahren, und jeder, vielleicht außer ein paar ultrakonservativen Bischöfen, würde den Papst wegen seiner demonstrativen Bescheidenheit rühmen.

Karl legte das Buch zur Seite. Wie sollte er sich verhalten, wenn rauskäme, dass Bernie das Fahrrad gestohlen hatte?

11

Eigentlich wollte Jochen die Pättkestour nicht mitmachen. Eigentlich wollte er für eine Zivilrechtsklausur lernen. Andererseits waren die gemeinsamen Radausflüge durchs Münsterland ein wichtiger Bestandteil des sozialen Miteinanders in der WG. Das stärkste Argument gegen eine Absonderung seinerseits lautete: *Bernward ist immer mitgefahren.*

An diesem Wochenende waren sie zu fünft: Ben und Fietze hatten zwei Frauen eingeladen, die sie, wie es hieß, vor einiger Zeit im Netz kennengelernt hatten. Die Tour war zuvor mit Hilfe altmodischer Karten und Reiseführer beinahe übertrieben sorgfältig festgelegt worden. Am Samstagvormittag fuhren die Frauen zum vereinbarten Termin mit ihren Rädern vor. Jochen überlegte, welche Fietze und welche Ben zuzuordnen war und gelangte zunächst zu keinem Ergebnis. Die Aussicht, das sogenannte fünfte Rad am Wagen zu sein, gefiel ihm, da er als ein fünftes Rad nicht viel reden musste. Die beiden Frauen waren ungefähr so alt wie sie und glichen sich einander auf bemerkenswerte Weise; Heike fuhr ein rotes Citybike mit Nexus Revo-8-Drehschaltgriff, umnähten Retro-Griffen, Reifen mit Pannenschutz und Reflexstreifen sowie wasserabweisender Fahrradrahmentasche mit Handyhalterung; Heidrun fuhr ein grünes Trekkingrad mit Achtgangschaltung, gefederter Patentsattelstütze und Kurier-Eco-Backroller-Rucksack, auf dem ein Logo mit Dortmund-Ems-Kanal-Motiv klebte. Dieses Rad kannte Jochen, es war vor kurzem in Schwienhorsts Werkstatt überholt worden. Ihm selbst war eins der Räder aus dem Keller zugeteilt worden, vermutlich weil sein eigenes für eine Pättkestour nicht schön genug aussah.

Als erstes erkundigte sich Heidrun, was er studiere.

»Jura«, antwortete Jochen.

»Schade«, lautete die rätselhafte Antwort, »Theologie wäre besser gewesen.«

»Wie Bernward«, sagte Heike.

»Bernward hat nämlich Theologie studiert«, ergänzte Heidrun.

»Ich weiß«, entgegnete Jochen.

»Schade, dass Bernward nicht dabei ist«, sagte Heidrun.

»Für ihn fährt Jochen«, sagte Ben, wie um die einsetzende Kreisförmigkeit des Gesprächs zu beenden.

Wenn man von Münster aus mit dem Fahrrad in welche Richtung auch immer fuhr, gelangte man, ohne dass man darüber nachzudenken brauchte, irgendwohin, wo zwar nicht viel war, aber das, was es gab, sah in der Regel ganz gut aus. Man konnte bequem vor sich hin rollen, hatte nicht mit Steigungen zu kämpfen, und auch der Autoverkehr hielt sich in Grenzen. Bei guter Vorausplanung konnte man an einem Wasserschloss vorbeifahren, während man sich gedanklich bereits im Gasthof befand. Je nach Bedürfnis konnte man sich auch Pferde auf einer Wiese anschauen oder ältere Mitbürger, die auf Elektrofahrrädern kauerten.

Jochen, als Letzter hinter den anderen herradelnd, dachte die ganze Zeit an seine Klausur. Sein Rad machte einen hervorragenden Eindruck, wurde jedoch häufig gestoppt, bevorzugt in der Nähe von Wäldchen und Gehölzen. Ursache waren die beiden Frauen, vielleicht hatten sie Blasenprobleme. Die Wasserflaschen, die sie unentwegt an ihre Münder führten, schienen unerschöpflich zu sein.

Entweder fuhr er hinter Heidrun her oder hinter Heike. Möglicherweise deshalb dachte er irgendwann nicht mehr an seine Klausur, sondern an Sexualität. Würde er jemals heiraten? Es war nicht ausgeschlossen, dass ihn das Angebot nicht befriedigen würde. Er musste an die jungen Männer denken, die damals, als es noch eine Wehrpflicht gab, selbige verweigerten. Sich in die Büsche zu schlagen, war vielleicht die beste Lösung der sexuellen Frage. Seltsam, dass ihm dabei ausgerechnet Schwienhorst einfiel. Sobald er einen anderen Job hatte, würde er kündigen, denn die immer noch einstündigen Gespräche nach Dienstschluss waren nicht mehr auszuhalten. Am besten wäre es, wenn sich Schwienhorst eine Geliebte zulegte, dann wäre der beschäftigt und er, Jochen, müsste nicht unentwegt diese Gespräche führen, die so langweilig waren, dass er befürchtete, irgendwann einmal halb ohnmächtig vom Stuhl zu fallen. Heike oder Heidrun? Oder beide? Schwienhorst wäre gewiss in der Lage, beide auszuhalten, da sein Fahrradgeschäft eindeutig eine Goldgrube war.

Dieses überlegend rollte Jochen hinter den anderen auf den Hof einer Gastwirtschaft ein. Die Sonne schien auf eine schirmgeschützte Terrasse mit weißen Plastikstühlen. Es wurde eine Pause ausgerufen.

»Mein Rad klappert«, maulte Heidrun. »Die ganze Zeit schon.«

Jochen stand von seinem Plastikstuhl auf und ging zu dem roten Fahrrad hinüber, das an einer Backsteinmauer lehnte. Er hob es hoch und ließ es, wie er es bei Schwienhorst gesehen hatte, nach unten fallen. »Es klappert nicht«, sagte er. »Es wurde vor kurzem repariert. Also kann es nicht klappern.« Er beförderte das Rad an seinen Platz zurück und setzte sich zu den anderen.

Heidrun wandte sich an Heike. »Hast du es auch klappern gehört?«

Statt einer Antwort legte Heike ihre Hand auf die von Fietze, der seine sofort wegzog und, um abzulenken, sagte: »Komisch. Ich habe mein Rad doch gar nicht hinter dein Rad gestellt.«

Fietzes schwarzes Rad stand direkt hinter dem grünen Fahrrad, beinahe berührte es mit seinem Vorderreifen dessen Hinterrad.

»Dann ist dein Rad von alleine gewandert«, stellte Ben fest.

»Das wär lustig«, sagte Heike.

»Sehr lustig«, sagte Heidrun.

Eine Kellnerin nahte, eine Frau mittleren Alters.

»Ich nehme einen Latte und ein Stück Blaubeerkuchen«, sagte Fietze.

»Bienenstich und einen Orangensaft«, sagte Heike.

»Für mich das Gleiche«, sagte Heidrun.

»Blaubeerkuchen und eine Tasse Kaffee«, sagte Ben.

»Für mich ein Stück Kirschtorte«, brummte Jochen. »Und ein Kännchen Kaffee.«

»Draußen nur Tassen«, sagte die Kellnerin.

»Dann für mich zwei Tassen.«

»Bernward hat immer Blaubeerkuchen genommen«, bemerkte Heike.

»Stimmt«, sagte Heidrun.

»Der Blaubeerkuchen, den sie hier anbieten, ist eine Wucht«, sagte Fietze und verdrehte die Augen.

»Mag sein, aber ich möchte Kirschtorte«, sagte Jochen.

»Die Kirschtorte ist okay, aber sie ist nichts gegen den Blaubeerkuchen«, sagte Ben.

»Mir fällt ein, die Männer haben immer Blaubeerkuchen genommen und die Frauen manchmal was anderes, meistens Bienenstich«, sagte Heike.

»Bernward hat immer Blaubeerkuchen genommen. Warum sträubst du dich so vehement gegen Blaubeerkuchen?«, fragte Heidrun und sah Jochen an, als wollte sie ihn rumkriegen.

»Also zweimal Bienenstich, zweimal Blaubeer, einen Latte, vier Tassen Kaffee, zwei Orangensaft«, sagte die Kellnerin und tippte es in ihr Gerät ein. »Wo ist denn der nette junge Mann, der sonst immer dabei war?«

»Wir haben ihn verloren«, sagte Fietze. »Möglicherweise kommt er irgendwann zurück. Für ihn fährt Jochen mit.«

Die Kellnerin sah Jochen an. »Also auch für Sie Blaubeerkuchen? Richtig?«

»Ja, Blaubeer«, sagte Jochen.

»Also dreimal Blaubeer«, sagte die Kellnerin und zog ab.

»War Bernward nicht derjenige, der den Wahnsinnsblaubeerkuchen, den die hier machen, als Erster entdeckt hat?«, fragte Ben.

»Bingo«, machte Fietze.

»Du bist doch nicht böse?«, wandte sich Heidrun an Jochen.

»Nein, natürlich nicht«, sagte Jochen und rückte mit seinem Stuhl ein Stück zur Seite. Er musste daran denken, dass sie noch vier Stunden unterwegs sein würden.

Dann kamen die Bestellungen, mit denen sie sich eine Weile schweigend beschäftigen konnten. Jochen stellte fest, dass der Blaubeerkuchen nicht übel war, trotzdem verstand er nicht, warum er für die anderen eine solche Bedeutung besaß. Vermutlich ging es nicht um den Blaubeerkuchen, sondern um Bernward. Vielleicht hatte Bernward triftige Gründe gehabt, sich aus der Wohngemeinschaft zurückzuziehen, vielleicht waren ihm Heike oder Heidrun oder beide zusammen oder alle vier derart auf die Nerven gegangen, dass er sich zurückziehen musste.

Nach der Rast fuhren sie eine Stunde durchs Münsterland, ohne dass Bemerkenswertes passierte. Auf einem staubigen Feldweg mussten sie anhalten, da irgendwas mit Heikes Rad nicht stimmte. Sofort machte sich Fietze an die Arbeit, und während sich Ben und Heike im Gras niederließen, beobachteten Jochen und Heidrun die Angelegenheit aus der Ferne, was die Gelegenheit bot, eine wichtige Sache loszuwerden. »Was ich noch sagen wollte: Ich bin nicht Bernward«, sagte Jochen.

»Was sagt er?«, rief Heike aus der Ferne. Sie wirkte ein wenig beunruhigt.

»Dass er nicht Bernward ist«, rief Heidrun zurück. Diese Antwort schien Heike zu beruhigen.

»Wir wissen, dass du nicht Bernward bist«, sagte Heidrun. »Bernward war einzigartig. Auf seine Weise.«

»Lass uns nicht mehr darüber sprechen«, sagte Jochen.

Abermals rief Heike: »Was sagt er?«

»Dass er nicht mehr darüber sprechen will«, rief Heidrun.

»Worüber?«

»Darüber, dass er nicht Bernward ist.«

»Ach so.«

Heidrun wandte sich wieder an Jochen. »Hör mal, wenn wir das nächste Mal unterwegs sind und wir irgendwo einkehren, dann bestell bitte keinen Blaubeerkuchen. Nimm irgendwas anderes. Versprichst du mir das?«

»Das kann ich nicht versprechen«, entgegnete Jochen. »Vielleicht habe ich Lust auf Blaubeerkuchen, vielleicht auch nicht. Wie auch immer, ich möchte meine Bestellung nicht von irgendeinem idiotischen Versprechen abhängig machen. Ich will einfach nur ich sein und Dinge tun, die ich tun will, unabhängig von irgendeinem Bedeutungskomplex um eine Person, die ich nie kennengelernt habe und nie kennenlernen werde.«

»Das macht mich sehr traurig«, sagte Heidrun.

»Was?«

»Dass du so schwierig bist.«

Es sah aus, als ginge die Tour weiter. Jochen schwang sich auf sein Fahrrad und sagte mit großem Nachdruck: »Ich bin nicht schwierig. Ich will nur nicht immerzu mit Bernward verglichen werden. Er ist mir vollkommen gleichgültig. Das ist alles.«

Heidrun sah ihn einen Moment nachdenklich an. Dann sagte sie: »Aber warum sitzt du auf seinem Fahrrad?«

12

Marianne Keller reduzierte die Temperatur an ihrem Induktionsherd und hob den Teebecher an die Lippen, während sie aus einem der Küchenfenster auf die Straße blickte, wo gerade ein PKW einparkte. Immer noch hing ein leichter Nebel über der ländlich wirkenden Umgebung. Die Person, die aus dem Auto stieg, war nicht ihr Mann.

Seit die Familie von Berlin nach Münster gezogen war, hatten sich im Alltag neue Ordnungen etabliert: Die Mahlzeiten wurden pünktlich eingenommen und möglichst gemeinsam, und die Tagesereignisse wurde gemeinsam und ausführlicher besprochen. Irgendwie war alles übersichtlicher geworden. Doch manchmal wusste sie nicht, worüber sie reden sollte. Und beispielsweise eine teure Anschaffung machen, damit man einen Anlass hatte, über irgendwas zu reden – das entsprach nicht ihren Überzeugungen vom familiären Zusammenleben.

Energisch stellte sie den Becher auf den Küchentisch. Sie fragte sich immer noch, was sich hinter den von ihrem Mann betriebenen Veränderungen verbarg. Zum Beispiel das gemeinsame Tischgebet. Eigentlich war sie es, die aus einer vergleichsweise ernsthaft katholischen Familie stammte. Sie glaubte nicht, dass ihr Mann von einem Tag auf den anderen und hinter ihrem Rücken fromm geworden war. Eigentlich war er immer noch die religiös ignorante Person, die sie einst geheiratet hatte. Doch nach dem Umzug war es, als wollte er ein Zeichen setzen. Seine neue Stelle an der Uni war nicht besser als die alte. Sie

musste an eine seiner Bemerkungen denken: » … und außerdem haben wir in dieser Stadt eine gesündere Sicht auf
die Dinge.« Dabei stellte sie sich eine Szene aus einem
Western vor: Die Farmersfamilie zieht sich in ihr Block-
haus zurück und beobachtet den Vorplatz, auf dem sich
bald die ersten Indianer anschleichen würden, welche
nichts Gutes im Schilde führten.

Es ging ihrem Mann nicht um die Religion, sondern
um die Ordnung. Etwas Ordnungsfremdes sollte ihnen
vom Leibe gehalten werden. Etwas latent Bedrohliches.

Sie kontrollierte den Zustand des Linseneintopfs,
wandte sich um und setzte sich an die Theke, die die offene Küche vom Wohnzimmer trennte, das sich auf zwei
Ebenen erstreckte, begrenzt von einer großzügigen Glas-
front, die zu Terrasse und Garten führte. Mit viel Glück
hatten sie dieses schöne Haus gefunden. Draußen saß die
Kleine im Gras und spielte mit etwas, das sie von hier aus
nicht erkennen konnte. Sie würde die Erste sein, die einen
Pfeil abbekam, wenn die Indianer kamen. Falls diese es
überhaupt schafften, in die Siedlung vorzudringen. Doch
noch sah draußen alles normal aus.

Worüber sie diskutiert hatten, war sein neues Fahrrad.
Aus Holz. Sündhaft teuer für ein Freizeitrad. Der wichtigste Bestandteil dieses Fahrrads war sein Preis. Dafür ist
unser neues Auto billiger als das alte, hatte er gesagt, so als
wäre das ein Argument. Münster sei eine Fahrradstadt,
hier sei das Fahrrad wichtiger als das Auto. Das nannte
man wohl Besinnung auf die Kernwerte. Aber so viel
Geld? Es hatte das Dreifache von dem gekostet, was sie
als freie Redaktionsgehilfin im Monat verdiente.

Das neue Haus stellte ihm zahlreiche Möglichkeiten für jene Umtriebe zur Verfügung, die man technische Spielereien nennen mochte. Etwa die Alarmanlage, die regelmäßig vom Hund aktiviert wurde, worauf sich unverzüglich die Nachbarn meldeten, als wären sie Bestandteil dieses Produktes. Wozu eine Alarmanlage, sie hatten einen Hund, der war zwar friedlich wie ein Schaf, aber wer wusste das schon? Ihr Mann hatte die Gewohnheit, seine Vorlesungen mit dem Handy aufzunehmen. Ob sich die Nachwelt dafür interessierte? Manche seiner Kollegen hielten Vorlesungen für ein altmodisches Medium. Doch es waren nicht nur die Vorlesungen, die er dokumentierte; er hatte sich ein Gerät zugelegt, das seine Schritte zählte (es gab ein Update für die Atemzüge). Was bedeutete es, wenn man wusste, wie viele Schritte man am Tag, im Monat, im Jahr gegangen war? Machte einen dieses Wissen nicht eher depressiv?

Geräusche an der Haustür ließen den Hund unbeholfen von seinem Platz vor dem Kamin wegrutschen, und dann stand ihr Mann, besprungen und beleckt, im Wohnzimmer. Wenige Minuten später saß die Familie am Esstisch und löffelte ihre Suppe aus. Offenbar hatte Keller ein Gesprächsthema im Kopf, für das er ein Forum benötigte.

»Ich bin mir nicht sicher, aber ich fürchte, heute Morgen habe ich einen fatalen Fehler gemacht«, verkündete er.

»Das passiert jedem mal«, sagte Moritz. »Beispielsweise wird meine nächste Mathearbeit …«

»Es ging um eine moralische Entscheidung«, unterbrach ihn sein Vater. »Es ging um Grundsätzliches.«

»Ich hoffe, es wird nicht allzu grundsätzlich«, sagte Frau Keller.

»Kann ich aufstehen, ich bin fertig?«, bettelte die Kleine.

Frau Keller ahnte, dass sich ein Erziehungsgespräch anbahnte.

»In meiner Vorlesung ging es um Induktion, aber das spielt hierbei keine Rolle«, sagte Keller. »Tatsache ist, dass ich, während ich redete, genötigt wurde, durch die großzügigen Fenster des Vorlesungssaals einen Fahrraddiebstahl zu beobachten. Ein verdächtig aussehender Typ hat sich seelenruhig mit einer Rohrzange oder was das war an dem Rad zu schaffen gemacht. Es war wie im Theater. Draußen die Aufführung, drinnen die Zuschauer. Ich habe aber nicht eingegriffen oder die Polizei verständigt, obwohl ich es hätte können und vielleicht auch sollen, sondern ich bin nach einer kurzen Phase der Irritation, die auch meinen Studenten nicht entgangen war, in meinem Vortrag fortgefahren.«

»Gut, dass du nicht eingegriffen hast«, sagte Frau Keller. »Wenn der mit der Zange ...«

»War es dein Fahrrad?«, fragte Moritz.

»Es war nicht mein Fahrrad«, sagte Keller. »Aber in diesem Moment war ich sozusagen das Auge der Gesellschaft. Und dieses Auge wurde zugedrückt.«

»Macht nichts. In Münster ist Fahrraddiebstahl Mundraub«, sagte Moritz.

»Wenn das richtig wäre, könnte jeder kommen und sich das Fahrrad eines anderen aneignen«, entgegnete sein

Vater. »Die Gesetze würden willkürlich außer Kraft gesetzt, und es herrschte Anarchie. Heute ein Fahrrad, morgen ein Auto und übermorgen ein Haus.«

Moritz schob seinen nicht ganz leeren Teller in Richtung Esstischkante und sagte: »Ich kann verstehen, dass auch arme Leute ein Rad haben möchten. Es gibt in Münster so viele Fahrräder, von denen keiner weiß, wem sie gehören. Fahrräder, die wochenlang ungenutzt rumstehen.«

»Ich habe mein Rad lange nicht gefahren«, rief die Kleine. »Soll ich es einem Flüchtlingskind schenken? Asil aus meiner Klasse …«

»Auf keinen Fall«, unterbrach Frau Keller sie schnell.

Ihr Mann fuhr fort. »Es gibt in der Philosophie eine Außenseitertheorie, die besagt, dass die Reichen den Armen so viel abgeben müssen, bis am Ende alle gleich arm sind. Aber das ist, wie gesagt, eine Außenseitertheorie, die meines Erachtens unweigerlich dazu führen muss, dass es auf der Welt nur noch gescheiterte Staaten gibt.«

»Es geht doch bloß um Fahrräder«, bohrte Moritz. »Um alte, hässliche, gebrauchte Fahrräder, die keiner haben will.«

»Nach meiner Beobachtung handelte es sich bei dem besagten Fahrrad um ein neues Rad«, sagte Keller. »In Münster gibt es bestimmt eine Fahrradspendestelle, wo sich der arme Mann ein Fahrrad für wenig Geld hätte besorgen können, statt unter meinen und der Studenten Augen in die Kriminalität abzugleiten.«

»Vielleicht war der Mann gar nicht arm«, sagte Frau Keller und stand auf.

»Setzt dich bitte wieder hin, Marianne«, sagte Keller. »Ich bin noch nicht fertig. Der Fahrraddiebstahl hatte nämlich erhebliche Auswirkungen auf meine Vorlesung.«

»Bist du doch noch nach draußen gelaufen?«

»Nein, aber ich habe, ohne es zu wollen, in meinem Beispiel zu allgemeinen Gesetzen an der Stelle, wo ich *Brieftasche* sagen wollte, das Wort *Fahrrad* verwendet. Es handelte sich offenbar um nichts anderes als um den Ausdruck meines schlechten Gewissens, weil ich den Fahrraddiebstahl, der sich direkt vor mir abspielte, nicht verhindert habe.«

»Hat sich jemand daran gestört?«, fragte Frau Keller.

»Nein, aber allmählich zweifle ich an meiner geistigen Leistungsfähigkeit.«

Sie strich ihm über den Kopf. »Mach dir keine Sorgen, Gerhard. Ich finde, dass Fahrräder merkwürdige Dinge sind, die einen ganz schön verwirren können. Vor Kurzem habe ich einen Roman gelesen, den mir Edith empfohlen hat, darin geht es um eine eigentümliche Theorie, die besagt, dass Menschen, die längere Zeit in körperlichem Kontakt mit Fahrrädern stehen, durch eine Art Molekülaustausch teilweise selbst zu Fahrrädern werden. Und umgekehrt werden die Fahrräder bei diesem Vorgang teilweise zu Menschen.«

»Es erstaunt mich sehr, dass du Romane gut findest, die dir Edith empfohlen hat«, sagte Keller. »Außerdem wollte ich nicht über Fahrräder sprechen, sondern über generelle Verhaltensprinzipien. Doch dafür scheint sich in dieser Familie niemand zu interessieren.«

»Aber ja doch«, sagte sie. »Fahrraddiebstahl gehört sich nicht.«

»Klar«, sagte die Kleine. »Kann ich jetzt gehen?«

Moritz, der auf einmal interessiert wirkte, sagte: »Ich kann mir gut vorstellen, dass Leute, die ständig ihr Smartphone benutzen, durch Molekülaustausch zum Smartphone werden. Und umgekehrt.«

»Das geht nicht«, sagte Frau Keller, »zwischen belebten und unbelebten Dingen kann es keinen Molekülaustausch geben.«

»Stimmt nicht«, sagte Moritz triumphierend. »Wir haben in Bio gelernt, dass Holz versteinern kann. Warum sollte also ein Mensch nicht zum Fahrrad werden können?«

»Wie auch immer«, sagte Frau Keller. »Was wir aus der Geschichte lernen, ist doch, dass wir unsere Räder immer gut abschließen sollten. Vor allem in diesen Zeiten.«

Die Runde löste sich auf, und die Kinder zogen sich in ihre Zimmer zurück. Zuvor steckte Moritz noch einmal seinen Kopf durch die Tür und sagte: »Übrigens wird es bei mir nie einen Molekülaustausch mit einem Auto geben.«

»Ich mache mir ein wenig Sorgen«, sagte Keller, als er mit seiner Frau allein war. »Langsam gewinne ich den Eindruck, dass sich Moritz dem Familienleben zu entziehen versucht.«

13

Der Pfeil prallte von der Dartscheibe ab und fiel spitz auf den Boden. Jochen bückte sich und hob das lädierte Wurfgeschoss auf. In diesem Leben würde er es nicht bis zum Dartmeister schaffen. Nicht einmal das Spielniveau des Mechanikers und schon gar nicht das des Mechatronikers würde er erreichen.

Sie spielten um den verschlossenen Raum. Falls Jochen ein Spiel gewinnen würde, so hatten die beiden versprochen, würden sie ihm sagen, was sich hinter der Tür befände. Irgendetwas stimmte nicht damit. Wenn einer der beiden ein Fahrrad hineinstellte, dann nur, wenn sich Jochen nicht in der Nähe aufhielt. Im Grunde ging ihn das alles nichts an. Doch warum wurde er immer so sorgfältig abgeschlossen, wenn doch nur Fahrräder drin waren?

Der Mechaniker platzierte sich vor der Dartscheibe und lockerte seine Glieder. Ein Blick, vermutlich triumphierend, in Richtung Jochen. Der Pfeil landete im Triple. Jochen fragte sich einmal mehr, warum er sich überhaupt auf diese Spiele einließ. Es war nicht das erste Mal, dass man ihm nicht die ganze Wahrheit sagte. Lag es an ihm? Gehörte er zu den Menschen, denen man, warum auch immer, gewohnheitsmäßig nicht die ganze Wahrheit sagte? Vermutlich könnte man gut leben, ohne die ganze Wahrheit zu kennen. Aber wenn die ganze Wahrheit enorm wichtig für alle wäre? Dann wären die Ausgeschlossenen, also er, der Sache schutzlos ausgeliefert.

»Es steht nicht gut um dich«, sagte der Mechaniker.

Der Mann hatte recht. Es stand nicht gut um ihn.

Der Mechatroniker drückte seine Zigarette aus und stellte sich vor die Scheibe. Er warf schlecht, sein Pfeil klebte traurig auf der Drei.

»Du wirfst schlecht«, sagte der Mechaniker. »Wenn es so weiter geht, müssen wir ihm verraten, was sich in dem Raum befindet.«

»Ich bin nicht in Form«, sagte der Mechatroniker. »Ich müsste mehr üben. Wir haben zu viel zu tun. Diese Stadt erstickt in Fahrrädern, und die Hälfte davon ist Schrott.«

Nun war Jochen an der Reihe. Er mochte kaum glauben was er sah. Seine Pfeile steckten im Triple. Am Ende hatte er gewonnen.

»Jochen hat gewonnen«, sagte der Mechaniker missmutig.

»Also muss er die Wahrheit erfahren«, sagte der Mechatroniker feierlich.

»Aber nicht hier.«

»Auf keinen Fall hier.«

»Warum nicht hier?« Jochens Frage hatte einen leicht hysterischen Unterton, der ihm selber ein wenig peinlich war.

Statt einer Antwort sammelte der Mechatroniker die Pfeile ein und legte sie in einen Holzkasten.

»Nicht so laut«, sagte der Mechaniker. »Hier haben die Wände Ohren.«

Sie verabredeten ein abendliches Treffen in einer nahegelegenen Kneipe.

Jochen erschien als Erster. Er überlegte, warum die anderen so ein Getue um die Sache machten. Wobei nicht klar war, was diese Sache eigentlich war. Doch falls es sie gab, dann hing sie mit Schwienhorst zusammen, denn dass der Chef nicht ganz richtig im Kopf war, das zumindest war mehr als sicher.

Als die beiden eintrafen, machten sie einen niedergedrückten Eindruck. Der Mechatroniker gab eine Runde aus, wie einer, der für gute Stimmung sorgen will.

»Fängst du an?«, sagte der Mechaniker zum Mechatroniker.

»Es ist nicht einfach zu erklären«, antwortete der Mechatroniker. »Wir wissen, dass es dir, Jochen, viel bedeutet, einmal einen Blick in einen gewissen Raum zu werfen.« Dabei sah er nicht Jochen an, sondern seinen Kollegen, der wie abwesend in sein Glas stierte.

»Mach es nicht so spannend«, sagte Jochen.

»Es ist überhaupt nicht spannend«, entgegnete der Mechatroniker, »es ist nur schwer zu erklären.«

»Dann fang doch einfach an!«, rief Jochen.

»Im Grunde ist nichts drin«, sagte der Mechatroniker. »Das eine oder andere Fahrrad, klar, aber das fällt kaum ins Gewicht. Stimmt's?«

»Genau«, sagte der Mechaniker, weiter in sein Glas starrend.

»Das war«, fuhr der Mechatroniker fort, »früher mal ein Ruheraum.«

»Ein so großer Raum, nur um sich zurückzuziehen?«

»Unser Chef hat ihn auch zur Weiterbildung genutzt. Du musst wissen, dass in den letzten Jahren immer wieder Studenten zur Aushilfe gekommen sind. Leute wie du. Mit denen hat er sich in den Raum gesetzt.«

»Mit mir unterhält er sich auch«, entgegnete Jochen. »Öfter als notwendig. Aber nicht in diesem Raum.«

»Das – ist das Problem.« Der Mechatroniker nahm einen Schluck Bier, setzte das Glas auf den Tisch und blickte hinein, als befände sich darin die Lösung des Problems. Wie zur Abwechslung blickte nun der Mechaniker in Richtung Jochen.

»Falls es überhaupt ein Problem ist«, sagte der Mechatroniker, »dass Schwienhorst sich mit dir in seinem Büro unterhält und nicht in dem Raum.«

»Ich glaube, er hat noch nicht das richtige Zutrauen zu Jochen«, sagte der Mechaniker.

»Ich bin ziemlich sicher, dass er mit meiner Arbeit zufrieden ist«, sagte Jochen.

»Das meine ich nicht. Du musst wissen, früher hat ein Student hier gearbeitet, mit dem hat er sich immer wieder in den Raum zurückgezogen.«

»Um den Studenten weiterzubilden?«

Der Mechatroniker musste lächeln. »Du verstehst immer noch nichts«, sagte er. »Sorry, das kann auch an mir liegen. Nein, der Student war es, der Schwienhorst weiter-gebildet hat.«

»Dieser Student hat Schwienhorst die Nachrichten er-klärt?«

Der Mechatroniker seufzte, »Natürlich nicht. Dieser Student, diese ungeheure Kapazität, hat mit Schwienhorst über Fahrräder gesprochen. Tagelang. Mit Schwienhorst, der sein ganzes Leben nichts anderes gemacht hat, als Fahrräder zu verkaufen und zu reparieren!«

»Er hat ihn Meister genannt«, sagte der Mechaniker.

»Damit du es nicht wieder falsch verstehst«, insistierte der Mechatroniker. »Schwienhorst hat den Studenten Meister genannt.«

»Ich bin einem solchen Typen noch nie begegnet«, er-gänzte der Mechaniker. »Er war fast schon nicht mehr menschlich. Manchmal stellte ich mir vor, natürlich nur zum Spaß, der Typ wäre in Wahrheit – selbst ein Fahr-rad.«

»Damit kann ich nicht dienen«, sagte Jochen.

»Erzähl ihm von dem Gang«, sagte der Mechaniker.

»Geht das nicht zu weit?« Der Mechatroniker sah aus, als verlangte man von ihm, eine gewisse rote Linie zu überschreiten.

»Wenn du schon angefangen hast …«

»Was für ein Gang?«

»Okay. Manchmal ist Schwienhorst aus dem Raum nicht mehr herausgekommen«, stieß der Mechatroniker hervor. »Dann haben wir nachgeschaut, und der Raum war leer. Also, wir haben es uns so gedacht: Es muss einen unterirdischen Gang von diesem Raum zu Schwienhorsts Haus geben, das liegt ja gleich neben der Werkstatt.«

»Aber warum?«

»Frag ihn doch. Aber er wird dir keine Antwort geben, wir haben diese Erfahrung nämlich schon gemacht.«

»Mir ist mein Arbeitsplatz lieber, als meine Nase in die Angelegenheiten des Chefs zu stecken«, sagte der Mechaniker.

»Jetzt weiß du alles«, sagte der Mechatroniker, an Jochen gewandt. »Zeit, dass du eine Runde ausgibst.«

»Okay«, sagte Jochen. »Aber ich bin sicher, dass ihr mir noch nicht alles gesagt habt.«

Der Mechatroniker blickte den Mechaniker an. Dann sagte er zu Jochen: »Stimmt. Aber um mehr zu erfahren, musst du uns nochmal im Darts schlagen.«

14

Am Samstagvormittag fuhr Professor Keller in Begleitung seines Sohnes auf dem Rad in die Innenstadt, wo sie im Anschluss an verschiedene Einkäufe inklusive einer Verzögerung – Kalamitäten mit einer inkompetenten Schuhverkäuferin – in einem der verbliebenen Traditionscafés landeten und bei Kaffee und Kuchen (Sohn) und grünem Tee (Vater) die an der Fensterfront vorübergehenden Passanten betrachteten. Danach gingen sie zum Domplatz, wo sie ihre Räder abgestellt hatten, doch der Metallständer, an dem Keller sein Rad befestigt hatte, war leer. Ein Irrtum war ausgeschlossen, jemand hatte das Rad geklaut, die drei Fahrradschlösser und seltsamerweise auch die Hupe lagen auf dem Boden. Keller zog sein Smartphone heraus und fotografierte den Tatort, während Moritz das merkwürdige Gebilde untersuchte, in das sich die Fahrradschlösser verwandelt hatten. Das Faltschloss war so weit auseinandergebogen, dass seine Glieder sternförmig in alle Richtungen zielten. Um das zerstörte Faltschloss herum war das Panzerkabelschloss gewunden, und wie zum Hohn steckte in dem Gebilde das in die Länge gebogene Bügelschloss.

»Ich werde diese Schlösser reklamieren«, sagte Keller. »Unerträglich, was für miese Qualität einem heutzutage angedreht wird.«

»Das Ding sieht interessant aus«, sagte Moritz. »Wie ein Monster. Was muss der Typ für eine Kraft gehabt haben!«

»Ich gehe davon aus, dass wir Opfer einer gewerbsmäßigen Bande geworden sind, die professionelles Werkzeug eingesetzt hat.«

»Ich bin kein Opfer«, sagte Moritz. »Mein Rad ist nicht geklaut worden. Aber ich verstehe nicht, warum die ausgerechnet ein Holzfahrrad gestohlen haben.«

»Sie dürften den Wert meines Fahrrads angemessen eingeschätzt haben.«

»Aber warum haben sie aus den Schlössern dieses Ding gemacht?«

»Wer weiß? Vielleicht wollten sie uns verhöhnen?«

Moritz bückte sich und hob die Hupe auf. »Und warum haben sie die dagelassen?«

»Ich vermute, dass sie ihnen beim Abtransport hinderlich war. Sicher sind sie mit einem Spezialfahrzeug durch die Stadt gefahren und haben dutzendweise Räder mitgehen lassen.«

Moritz reichte seinem Vater die Hupe. »Vielleicht fanden sie sie zu hässlich.«

»Wie auch immer. Irgendjemand muss sie bei ihrem Treiben beobachtet haben.«

»Vielleicht hatten sie Latzhosen an.«

»Wieso Latzhosen?«

»Dann hätten alle gedacht, sie wären im Auftrag der Stadt unterwegs.«

»Es ist sehr klug, was du sagst, Moritz. Latzhosen machen unsichtbar. Aber nicht immer. Ich habe eine Idee, wo wir Zeugen auftreiben könnten.«

Gegenüber dem Tatort lag das Marktcafé. Wer hier saß, hatte die Chance, einiges von dem mitzubekommen, was sich auf dem Domplatz abspielte.

Es waren nur ein paar Schritte bis ins Innere des Cafés, das gut gefüllt war. Zielstrebig gingen sie auf einen der Tische am Fenster zu, wo man eine gute Sicht auf die Fahrradständer hatte. Am Tisch saß ein vertrauenswürdig aussehender Mann mittleren Alters, der, konfrontiert mit der unerwarteten Frage, ob er einen Fahrraddiebstahl beobachtet habe, seine Zeitung beiseitelegte und die Frage verneinte. Doch schien ihn die Angelegenheit zu interessieren.

»Das Fahrrad war teuer«, sagte Moritz. »Warum, verstehe ich auch nicht.«

»Es handelt sich um ein Holzfahrrad«, ergänzte Keller. »Eine Spezialanfertigung.«

»Ganz schön riskant, so etwas mitten in Münster abzustellen«, bemerkte der Mann. »Wenn ich in die Stadt fahre, und ich fahre selbstverständlich immer mit dem Fahrrad in die Stadt, nehme ich bewusst ein besonders altes und schäbiges Fahrrad. Wie Sie sich denken können, ist das gerade in den heutigen Zeiten eine sinnvolle Maßnahme. Mein wertvolles Fahrrad, übrigens ein Trekkingrad aus deutscher Herstellung, verwende ich ausschließlich für längere Überlandtouren.«

»Ich möchte Ihnen nicht zu nahe treten, aber Ihre Argumentation leidet unter gewissen unlogischen Prämissen«, sagte Keller. »Da vorn stehen Autos, die das Zweihundertfache meines Fahrrads kosten und bestimmt nicht geklaut werden.«

»Na ja, weil es umständlicher und riskanter ist, ein Auto zu stehlen als ein Fahrrad.«

»Das Fahrrad war mit drei Schlössern gesichert, aber das hat nichts gebracht«, warf Moritz ein.

»In Münster ist ein Fahrrad ein Mitnahmeartikel«, bemerkte eine junge, ein wenig zu lässig wirkende Bedienung, die dabei war, mehrere volle Tabletts vorbeizubalancieren.

»Das ist genau die Haltung, mit der wir Deutschland gegen die Wand fahren«, rief Keller ihr nach, doch sie konnte ihn aufgrund des Lärms nicht hören. »Auf, Moritz, lass uns zur Polizei gehen!«

Eine ältere Dame, am Nebentisch sitzend und hinter einer Art Baumkuchen verborgen, mischte sich ein. »Wehret den Anfängen!«, sagte sie ernst. »Ich glaube, ich habe gesehen, wer's war. Er hatte so eine komische Mütze auf. Den würde ich sofort wiedererkennen.«

Sie blickte misstrauisch auf die groteske Hupe in Kellers Hand, die sich ihr in einer leicht übergriffigen Weise entgegenreckte. Sie schien zu bereuen, sich eingemischt zu haben. »Ich wusste nicht, dass er ein Fahrraddieb war«, sagte sie. »Aber er hat sich die ganze Zeit an dem Rad zu schaffen gemacht. Er hat sogar dagegen getreten.«

»Und Sie sind sicher, dass es sich um ein Holzrad handelte?«

»Es war nicht zu übersehen. Ein sehr hässliches Fahrrad, das nur nebenbei.«

Routiniert ignorierte Keller die Kritik.

»Der Täter hat eine Spur hinterlassen.« Er zeigte der Frau die Überbleibsel der Fahrradsicherungssysteme, die diese eingehend beäugte.

»Das sind keine guten Schlösser«, sagte sie. »Oder soll ich sagen: Das waren keine guten Schlösser? Vor zehn Jahren hätten sie ausgereicht – aber heute? Als ich ein Kind war, reichte ein einfaches Rahmenschloss. Aber da lachen die heute doch nur drüber.«

»Wer? Die Fahrraddiebe?«

Sie beugte sich vor, wie um ein Geheimnis mitzuteilen. »Wenn es nur Fahrräder wären! Aber man ist heutzutage als Frau nicht mehr sicher, wenn man nachts durch gewisse Viertel geht. Das war früher anders.«

»Welche Viertel meinen Sie?«

»Das wissen Sie nicht?« Triumphierend lehnte sie sich zurück. »Kein Wunder, dass Ihnen ihr Fahrrad gestohlen wurde!«

Keller begriff, dass hier nichts zu gewinnen war. Wieder draußen, entschied er, seinem Sohn etwas Grundsätzliches zu vermitteln. Etwas von erzieherischer Relevanz.

»Wir gehen zur Polizei. Es spielt keine Rolle, wie teuer das Rad war. Auch wenn es ein billiges Rad gewesen wäre, dürfen wir als Bürger nicht dulden, dass die Gleichgültigkeit gegenüber dem Eigentum ständig zunimmt. Wohlstand verführt zur Gleichgültigkeit, das ist leider so. Gleichgültigkeit ist eine Krankheit des Geistes, die sehr gefährlich ist. Wir benötigen nicht mehr Gesetze, es reicht, wenn die, die es gibt, eingehalten werden. Wir alle sind der Staat, jeder Bürger ist der Staat. Die Fahrgestellnummer und ein Foto habe ich dabei. Komische Mütze. Vor allem: Wir sollten uns nicht nur auf die Polizei verlassen. Wir sollten selber Maßnahmen ergreifen. Und genau das werde ich tun. Machst du mit?«

Moritz spürte, dass sein Vater dabei war, sich im unwegsamen Gelände des Grundsätzlichen zu verirren. Es klang so, als riefe einer zum Widerstand auf, ohne über geeignete Waffen zu verfügen. Doch aus Familiensolidarität antwortete er: »Selbstverständlich mache ich mit!«

15

Nachdem Jochen die WG-Küche betreten hatte, bemerkte er eine Katze, die auf dem Fensterbrett zwischen zwei Kakteen saß und ihn aufmerksam ansah. So schwarz und zierlich wie sie war, hätte sie ein dekoratives Element in einem Pharaonenfilm abgeben können.

Jochen war starr vor Ekel. Er hatte nicht viel für Tiere übrig, doch Katzen verabscheute er von ganzem Herzen. Wie selbstverständlich saß sie auf dem Fensterbrett. Gewiss war sie nicht zufällig eingedrungen. Wie konnten sie es wagen, dieses Tier mitzubringen? Vorsichtig setzte er sich an den Tisch, doch an frühstücken war nicht zu denken, solange er von diesem Tier beobachtet wurde. In seinem Untermietvertrag stand nichts über Tierhaltung, und schon gar nichts über die anderer Mieter. Mietrechtlich konnte er es vergessen.

Eine halbe Stunde lang saß er so und beobachtete den Eindringling, der wiederum ihn beobachtete, bis der erste Mitbewohner in Gestalt von Fietze erschien. Der hatte eine Brötchentüte dabei, brummte »Morgen«, aktivierte die Kaffeemaschine, öffnete den Kühlschrank und fing an, verschiedene Objekte auf dem Küchentisch zu verteilen.

»Katze«, sagte Jochen und deutete mit ausgestrecktem Arm anklagend auf das Tier, das, als wäre es der Situation überdrüssig geworden, vom Fensterbrett sprang und sich an Fietzes Bein schmiegte.

Fietze setzte sich auf einen Stuhl, blickte nach unten und sagte: »Genau. Katze.«

»Ist das deine?« Jochen spürte, dass seine Stimme zu aufgeregt, zu unkontrolliert und zu hoch war, was ihn ärgerte. Er nahm sich vor, gelassen zu bleiben.

»Eigentlich nicht«, sagte Fietze und machte sich daran, ein Mohnbrötchen aufzuschneiden und mit Blutwurst zu belegen.

Die Katze sprang auf den Tisch. Jochen war, als müsste er vor Widerwille sterben. Vielleicht wegen Jochens Gesichtsausdruck griff Fietze nach dem Tier und setzte es auf den Boden. Er tauchte sein Messer in ein großes Glas Senf und bestrich damit die Wurst.

Am liebsten wäre Jochen aus der Küche gestürzt, doch er wusste, dass er die Sache unbedingt ausfechten musste.

Fietze bedeckte die Brötchenhälften mit Zwiebeln, klappte die Scheiben zusammen und biss hinein.

»Wem gehört die Katze?«

Fietze antwortete nicht direkt. Jochens Frage schien ihm für eine Antwort nicht ausreichend sinnvoll zu sein. Stattdessen fragte er: »Magst du keine Tiere?«

»Bei meinem Einzug bin ich nicht davon ausgegangen, dass in dieser Wohnung Tiere gehalten werden.«

Abermals biss Fietze in das Brötchen. Er nahm sich Zeit mit seiner Antwort. Unterdessen hatte Jochen das Gefühl, von der Katze berührt worden zu sein. Er zog seine Beine so weit unter den Stuhl wie möglich.

»Kaffee?«, fragte Fietze. Jochen schüttelte den Kopf. Die Katze sprang auf das Fensterbrett und leckte sich die Pfoten.

»Hör mal, Jochen, wenn du ein Problem mit der Katze hast, tut es mir leid. Es ist nämlich so: Meine Schwester kann sie nicht länger nehmen, weil sie für längere Zeit ins Ausland muss. Sie hat schon zwei Katzen, aber die konnte sie bei anderen Leuten parken, zum Glück, denn sonst hätten wir, logisch, drei Katzen im Haus. Stattdessen haben wir bloß diese kleine, unauffällige, stubenreine Minikatze, mit der wir kräftigen Jungs für eine gewisse Zeit garantiert gut auskommen werden.«

Jochen fühlte, dass in Fietzes Rede mehrere Argumente steckten, die unüberwindlichen Mauern glichen. Auch musste er daran denken, wie schwierig es war, in Münster ein bezahlbares Studentenzimmer zu bekommen.

Fietze erhob sich geräuschvoll, ging zum Fenster, griff die leise miauende Katze und setzte sich wieder, die Katze auf dem Schoß. Er packte das Tier von hinten an den Vorderpfoten und wackelte mit ihnen hin und her, wie ein Kind mit einem Stofftier. Die Katze ließ es sich gefallen, vielleicht weil sie mit solchen Albernheiten vertraut war.

»Niedlich, nicht?«, sagte Fietze. »Sie heißt Maggi. Und das ist Onkel Jochen. Der hat sich noch nicht an dich gewöhnt, was? Aber das wird er schon. Ja, schöne Maggi, was bist du nur für eine liebe Katze.«

Er schmiegte seinen Kopf an den der Katze. Noch nie hatte Jochen etwas so Abscheuliches gesehen. Er spürte, wie sein Herz raste.

Fietze hielt ihm die Katze hin. »Nimm du sie mal! Los, sei kein Frosch! Sie kratzt nicht, das schwöre ich. Sie ist sterilisiert und treibt sich nicht rum. Sie hat auch noch nie 'ne tote Maus angeschleppt.«

Jochen verschränkte seine Arme. Angesichts dieser abstoßenden Szene befürchtete er, dass, wenn er seine Mitbewohner vor die Alternative stellen würde, entweder ihn oder die Katze zu behalten, er es wäre, der den Kürzeren ziehen würde. Er entschied abzuwarten, wie sich Ben zu der Angelegenheit äußern würde und nahm die Katze widerwillig auf seinen Schoß, ließ jedoch die Arme hängen, so dass das Tier eine gewisse Unsicherheit verspürte und sich auf die Beine stellte. Jochen befürchtete, unverzüglich in Ohnmacht zu fallen, doch seine Feindin, teils weil sie merkte, dass sie unwillkommen war, teils weil sie interessantere Dinge roch, kletterte auf den Tisch.

»Vom Tisch, Maggi!«, drohte Fietze, unternahm aber nichts.

In dem Moment betrat Ben die Küche. Er holte eine große Teekanne, die mit einer auffälligen Schnaupe versehen war, aus einem Wandregal und füllte sie mit Tee und heißem Wasser. Dann griff er nach der Katze und setzte sie auf den Boden.

Nach und nach wurde der Küchentisch voller. In dieser WG erhielt ein Frühstück zuweilen einen opulenten Charakter.

»Esst ihr ein Full English mit?«, fragte Ben.

»Ich habe keinen Appetit«, sagte Jochen.

»Aber immer«, sagte Fietze.

Ben öffnete eine Dose Baked Beans.

»Jochen mag Maggi nicht«, erklärte Fietze.

»Das ist schade«, sagte Ben.

»Ihr hättet mich warnen sollen, bevor ihr ein Tier aufnehmt«, rief Jochen. »Ist die Katze überhaupt registriert? Wer weiß, welche Krankheiten sie einschleppt?«

Ben zückte sein Handy und wischte eine Weile auf dem Display herum, während sich in der Küche der Geruch von Tomatensoße und gebratenem Speck ausbreitete. Irgendwann sagte er: »In Deutschland lebt in jedem fünften Haushalt eine Katze, insgesamt sind es beinahe zwölf Millionen.«

»Was willst du damit sagen?«, rief Jochen. »Dass die Katzen das Land überfluten?«

»Nichts wollte ich sagen. Ich wollte diese Tatsache nur ganz allgemein in die Diskussion einbringen.«

»Gibt es überhaupt eine Diskussion?«, erkundigte sich Fietze. »Wollen wir wirklich diskutieren, ob wir diese kleine, schwache Katze, die draußen keine Chance hätte, bei uns aufnehmen wollen? Ist es so weit mit uns gekommen? Ich frage mich ernsthaft, ob das hier noch meine WG ist!«

Ben setzte sich und goss Tee in einen Becher, den ein Dudelsackmotiv zierte. »Jochen hat recht«, sagte er. »Wir dürfen es uns nicht zu einfach machen. Außerdem ist er der Jurist. Oder wird irgendwann einer sein. Wir können uns keine Auseinandersetzung mit einem Juristen leisten.«

Jochen fühlte, dass das Gespräch in die falsche Richtung ging. Er wollte nicht als Feind der Gemeinschaft erscheinen. Andererseits spürte er, dass er verloren hatte, ja, dass zu gewinnen er nie eine Chance gehabt hatte. Er würde sich mit der Situation abfinden müssen. Er beobachtete die Katze, die wiederum die Würstchen, die Eier, den gebratenen Speck, die Bohnen und die Tomaten beobachtete, die auf den Tellern verteilt wurden. Toastscheiben lugten aus dem Toaster. In dem Moment, als Jochen so übel war, dass er aufspringen und aus der Küche stürzen wollte, hatte er eine Erleuchtung. »Das ist Bernwards Katze, gebt es zu!«, rief er und deutete auf das Tier, das wieder auf Fietzes Schoß gesprungen war und demonstrativ eine Pfote auf den Tisch gelegt hatte, wie ein Restaurantgast, der bedient werden will.

Ben und Fietze blickten sich an.

»Stimmt, es ist Bernwards Katze. Doch was bedeutet das schon«, sagte Ben. »Irgendwo muss sie schließlich bleiben, da Bernward verschwunden ist.«

»Meine Schwester kann sie nicht mehr nehmen, das habe ich bereits erklärt«, sagte Fietze. »Wir haben genug Platz hier, jedenfalls dann, wenn wir uns ein wenig tolerant verhalten.« Dabei warf er Jochen einen besorgten Blick zu. »In dieser Wohnung kann man Bernward wohl nie entkommen«, sagte Jochen mit einem schiefen Lächeln. »Auch seinen Katzen nicht und erst recht nicht seinen Fahrrädern.«

»Was meinst du damit?«

»Ich meine damit«, sagte Jochen, »dass ich in unserem Keller eine zugestellte Tür entdeckt habe, hinter der sich ein größerer Raum befindet, und dieser Raum ist vollgestellt mit Fahrrädern. Mit Rennrädern, Mountain Bikes und Tourenrädern, mit uralten Schrotträdern und solchen, die wie neu aussehen, sogar Kinderfahrräder sind darunter. Ich meine damit, dass ich ganz sicher bin, wer diese Fahrräder, ich will mal freundlich sagen: herbeigeschafft hat, und diese Person befindet sich nicht in dieser Küche.«

»Meinetwegen, die Fahrräder gehören Bernward«, sagte Ben großzügig. »Warum auch nicht? Er hat sich seinerzeit stark in diesem Thema engagiert. Wenn er irgendwann zurückkommt, wird er sie mitnehmen.«

»So wie er auch Maggi mitnehmen wird«, ergänzte Fietze.

»Oder es kommt die Polizei und nimmt uns mit!«, rief Jochen schrill.

»Das heißt, du willst uns anzeigen?«, fragte Ben.

»Ich will niemanden anzeigen«, rief Jochen. »Ich will nur, dass wir ehrlich zueinander sind. Ich kann nicht in einer WG leben, in der die Leute nicht ehrlich zueinander sind. In einer WG, in der Katzen und Fahrräder verheimlicht werden, in der sich alles auf einen bescheuerten Bernward bezieht, der angeblich verschwunden ist, wie ein Prophet, der in den Himmel entführt wurde.«

»Das mit dem Propheten trifft die Sache recht gut«, sagte Ben nachdenklich.

»Es ist die Wahrheit«, sagte Fietze.

»Dann sollten wir ihm jetzt die Wahrheit sagen«, sagte Ben.

»Jetzt schon?«, sagte Fietze. »Kennen wir ihn denn lange genug?«

»Er hat die Fahrräder gesehen«, gab Ben zu bedenken.

»Ja, ich habe die verdammten Fahrräder gesehen!«
Jochens Stimme schnappte über. »Also habe ich verdient,
die Wahrheit über euren Bernward zu erfahren!«

»Schön«, sagte Ben. »Die Wahrheit ist, dass Bernward
ein ganz besonderer Mensch war.«

»Das habe ich mir gedacht!«, entfuhr es Jochen.

»Bernward war ein Hundertprozentiger«, ergänzte
Fietze.

»Was meint er damit?«, wandte sich Jochen an Ben.

»Ihm war es ernst mit der Theologie«, sagte Ben. »Mir
ist es auch ernst mit meinem Studium. Aber bei Bernward
war es existenzieller, will ich mal behaupten. Er war einer
von denen, die einen nachts aus dem Bett holen, um über
Gott zu reden.«

»Das kann ich bestätigen«, sagte Fietze. »Leider.«

Ben fuhr fort. »Ich habe unheimlich viel Respekt vor
solchen Leuten. In deren Gegenwart komme ich mir immer total oberflächlich vor.«

»Ich kam mir auch oft oberflächlich vor«, betonte
Fietze. »Jedenfalls damals, in den alten Zeiten, als er noch
hier wohnte. Heute nicht mehr so.«

»Wenn jemand wie Bernward in eine Glaubenskrise gerät, ist es doppelt so schlimm, als wenn beispielsweise
jemand wie du oder Fietze in eine Glaubenskrise käme«,
sagte Ben. »Was ich mir, nebenbei, bei Fietze absolut nicht
vorstellen kann.«

»Und wie drückte sich Bernwards Glaubenskrise aus?«

»Er wusste nicht mehr, was es überhaupt bedeutet, wenn man glaubt. Glaubt man, wenn man Mitglied einer Kirche ist? Wenn man regelmäßig den Gottesdienst besucht? Das kann es doch nicht sein! Wenn man gute Werke tut? Das tun Ungläubige auch. Wenn man behauptet, man sei gläubig? Aber wenn derjenige, der das behauptet, ein Heuchler ist? Wenn gesagt wird, dass zehntausend Gläubige auf dem Petersplatz den Papst begrüßen, glauben die wirklich so, wie man eigentlich glauben sollte, wenn man ein wahrer Gläubiger ist? Und woran glauben die? Macht man es sich generell zu einfach mit dem Glauben? Ist man gläubig, wenn man Jesus super findet? Wenn Jesus von zehn Millionen geliked wird, sind dann diese zehn Millionen automatisch Gläubige?«

»Keine Ahnung«, sagte Jochen. »Vielleicht bedeutet glauben nichts anderes, als auf dumme Fragen zu verzichten.«

»Manche sagen, dass diejenigen am tiefsten glauben, die am Glauben zweifeln«, sagte Ben wie einer, der sich auskennt.

Fietze winkte ab. »Das ist typisch Theologe. Immer noch 'ne Drehung mehr, und am Ende rasselt zuverlässig Gott aus 'm Automaten.«

»Kurz gesagt: Es war ein menschliches Desaster.«

»Was war ein Desaster?«

»Er, also Bernward, ist komisch geworden. Hat sich nicht mehr rasiert und so. Und nur noch komische Kleidung getragen.«

»Das Schlimmste waren die Leute.«

»Die Leute?«

»Irgendwann tauchten hier Leute auf, die wir noch nie gesehen hatten. Komische Leute.«

»Sehr komische Leute.«

»Die hatten Einfluss auf ihn, ich sag's dir.«

»Wir kannten ihn nicht wieder.«

»Und er kannte uns nicht wieder. Wir sahen ihn kaum noch.«

»Und dann fing es an mit den Fahrrädern.«

»Mit den Fahrrädern?«

»Er hat sich in seinem Zimmer vergraben und nur noch in Fahrradkatalogen geblättert.«

»Wenn ich es recht verstehe, war Gott für ihn abgemeldet«, sagte Jochen. »Vielleicht war es gut für ihn, sich mit anderen Dingen zu beschäftigen.«

»Würde ich nicht unbedingt sagen«, meinte Fietze. »Ich würde sogar behaupten, dass es besser für ihn gewesen wäre, wenn er bei Gott geblieben wäre und dafür die Finger von den Fahrrädern gelassen hätte. Andererseits ... war damit auch Schluss mit den permanenten Zweifeln und den quälenden Fragen. Dafür tauchten bei uns immer mehr Fahrräder auf. Nicht dass ich was gegen Fahrräder hätte, im Gegenteil. Aber wenn man nicht mehr ins Bad kommt wegen der vielen Fahrräder ... irgendwann hat er es eingesehen und für 'n Zwanziger im Monat diesen Zusatzraum im Keller angemietet. Da drin konnte er machen, was er wollte.«

»Wir hätten ihn nicht allein lassen sollen«, sagte Ben.

»Keine Chance. In dieser Phase war er für normale Leute nicht mehr erreichbar. Nur noch für seine sogenannten Freunde.«

»Er hat die Fahrräder gestohlen!«, rief Jochen.

»Was sollte er denn machen? Er hatte nicht das Geld, um sich die vielen Räder kaufen zu können, die er brauchte.«

»Beschaffungskriminalität«, sagte Fietze in einem Ton, als handelte es sich um eine Entschuldigung.

»Er ist immer mehr verwahrlost, hat kaum noch was gegessen, und irgendwann ist er verschwunden.«

»Jemand rief an und behauptete, er hielte sich in einer psychiatrischen Einrichtung auf.«

»Wie auch immer. Heute ist er bestimmt nicht mehr dort.«

»Angeblich hat ihn irgendwann einer in der Nähe vom Buddenturm gesichtet. Genaues weiß man nicht.«

Nachdem er die Erzählung seiner Mitbewohner, die er als Geständnis nahm, bis zum Ende gehört hatte, fühlte sich Jochen besser. Es war gut und wichtig, dass jetzt ehrlich gesprochen wurde, er hatte sogar das Gefühl, allmählich die Oberhand zu gewinnen.

Während sie redeten, hatten die beiden ihr Frühstück verzehrt, nur ein einsames Würstchen lag noch auf einem Teller. Die Katze hatte sich verzogen.

»Wie auch immer«, sagte Jochen, auf das Würstchen starrend. »Der Keller ist randvoll – und zwar voll … mit illegalen Dingen!«

16

Marianne Keller waren die gelegentlichen Besuche im Traditionsantiquariat eine liebe Gewohnheit, die einiges mit schlechtem Gewissen zu tun hatte. In der Regel bestellte sie ihre Bücher im Internet, nicht weil es bequemer war, sondern weil sie, wie sie fand, dort detailliertere Informationen erhielt als in den meisten Buchhandlungen – eine Erfahrung, die ihr ein wenig peinlich war. Der Antiquar, versunken hinter seinem Schreibtisch, betrieb den Laden wie ein kaum mehr bewusstes Hobby. »Es tut mir leid, Frau Keller«, begrüßte er sie, ohne von seiner Lektüre aufzublicken.

Sie verspürte eine leichte Nervosität, vermutlich unberechtigt, denn was konnte der Mann schon wissen? Sie fragte ihn, worauf er anspiele.

»Wegen des Fahrrads Ihres Mannes. Ich hoffe, er bekommt es irgendwann zurück.«

Das hoffe sie auch, sagte sie und sah ihn dabei so verstört an, dass er erklärte: »Die ganze Stadt weiß es.«

Während sie nachdachte, wem ihr Mann alles von der Sache erzählt haben konnte, stieß der Buchhändler ein einziges Wort hervor: »Pinnwand.«

Offenbar hatte Gerhard eine Anzeige im Internet platziert. Es gab dort etwas, das sich *Münster-Pinnwand* nannte. Und wegen dieser Pinnwand war sie nun ewig und untilgbar die Frau des Mannes, dem sein Fahrrad gestohlen worden war.

»Ein wertvolles Rad«, sagte der Buchhändler. Es klang wie ein Vorwurf. Der Mann legte sein Buch zur Seite und schenkte ihr einen langen nachdenklichen Blick, als würde er die Kosten vieler Bücher auf der einen Seite und eines teuren Fahrrads auf der anderen gegeneinander abwägen. Dann sagte er: »Ich habe gar nicht gewusst, dass Fahrräder existieren, die aus Holz gefertigt werden. Vermutlich ist es ein großer Verlust für Sie. Es geht mich nichts an, aber es handelt sich wohl um einen Dieb mit einem ganz … besonderen Geschmack.«

Sie hätte jetzt gern gewusst, was ihr Mann in dieser Anzeige geschrieben hatte. Stattdessen sagte sie: »Das Fahrrad wurde in einer kleinen Manufaktur angefertigt.«

»Es ist wie bei berühmten Kunstwerken«, fuhr der Buchhändler fort, »der Dieb wird es nicht verkaufen können, jedenfalls nicht in Münster, wo alle die *Pinnwand* kennen.«

Jeder weiß jetzt, dachte sie, dass Gerhard überflüssige Luxusfahrräder kauft, die ihm auch noch gestohlen werden. »Vielleicht hat es ein Liebhaber genommen«, sagte sie. »Dann sehe ich es bestimmt nicht wieder.«

»Der Anzeige nach handelt es sich um einen Bandendiebstahl mit ideologischem Hintergrund.«

Diese Auskunft machte sie vollends ratlos. Konnte es sein, dass die Anzeige von einem Fremden ins Internet gestellt worden war?

»Möchten Sie einen Rat?«

Selbstverständlich wollte sie alles andere als einen Rat, doch aus Höflichkeit sagte sie, dass sie sich darüber freue.

»Gehen Sie zu Türgüt. Der große Gemüsestand am Markt. Kennt jeder.«

Den kannte sie gut. Sie kaufte dort regelmäßig ein.

»Berufen Sie sich auf mich. Kann sein, dass Türgüt etwas gesehen hat.«

Der Gemüsemann. Kann sein. Sie fühlte, dass sie in eine Sache gezogen wurde, die sie nicht verstand, und gleichzeitig war sie verärgert über ihren Mann, der sie zum Objekt fremden Herrschaftswissens degradiert hatte.

Als sie wieder auf der Straße stand, bemerkte sie, dass ihr ungeachtet des warmen Wetters kalt war. Unverzüglich ging sie den kurzen Weg hoch zum Domplatz.

Der Gemüsehändler sah aus, als hätte er nur auf sie gewartet. Vielleicht, dachte sie, hatte ihn der Buchhändler bereits benachrichtigt. Während sie wartete, bis alle Kunden verschwunden waren, warf ihr der Gemüsehändler ab und zu einen verständnisvollen, möglicherweise sogar mitleidigen Blick zu. Schließlich lächelte er sie an und deklarierte, wie einer, der keinerlei Widerspruch duldete: »Ihrem Mann ist das Fahrrad gestohlen worden.«

Jetzt konnte sie nicht mehr zurück.

»Wissen Sie darüber was?«

Der Mann starrte in die Ferne und sagte nichts. Sie verfolgte seinen Blick und stellte fest, dass man von hier einen ausgezeichneten Blick auf den Tatort hatte.

»Es nimmt überhand«, sagte Türgüt.

»Sie meinen die Fahrraddiebstähle?«

»Sie werden immer frecher. Wir sollten dagegen vorgehen. Finden Sie nicht auch?«

»Wen meinen Sie mit *sie*? Und wer sind *wir*?«

»Es gibt eine Menge Leute in dieser Stadt, die sich nicht an die Gesetze halten.«

»Sprechen Sie von professionellen Diebesbanden?«

Aus dem Gesicht des Gemüsehändlers strahlte ein großes Rechthaben. »Das haben Sie gesagt. Ich habe nur gesagt, dass diese Leute existieren. Mir ist auch schon mal ein Rad geklaut worden. Das lässt sich in dieser Stadt schwer vermeiden. Doch inzwischen haben sich viele Dinge geändert.«

»Wissen Sie mehr? Haben Sie die Tat beobachtet?«

»Ich will Sie nicht beunruhigen.«

»Was soll das heißen?« Sie war nahe dran, wütend zu werden.

»Heutzutage muss man dreimal überlegen, was man sagen darf«, sagte Türgüt mit schwerer Stimme.

»Fein, jetzt haben Sie dreimal überlegt. Ich gestatte Ihnen zu sprechen. Legen Sie los!«

Der Mann beugte sich vor und blickte sie mit großem Ernst an. Dann sagte er, als hätte er ein Geheimnis zu verkünden: »Wir haben uns überlegt, wie wir in Zukunft vorgehen können. Was Ihr Mann schreibt, finden wir sehr, sehr vernünftig.«

Jahrelang hatte Frau Keller den Gemüsehändler als Bestandteil eines kleinen Theaters betrachtet, das der Wochenmarkt auch war. Doch nun hatte er auf rätselhafte

Weise seine gewohnte Rolle verlassen, als würde eine Figur in einem Kinderfilm die arglose Betrachterin unversehens mit obszönen Sprüchen traktieren.

»Ein teures Rad. Es wird auffallen«, verkündete er.

Sie zweifelte. »Glaube ich nicht. Es gibt hier zu viele Räder. Münster ist eine Fahrradstadt«, und während sie ihm ihre Karte reichte, fuhr sie fort: »Sie reden jeden Tag mit vielen Leuten. Wenn Sie etwas hören, rufen Sie mich bitte an. Meiner Familie liegt sehr an diesem Fahrrad.«

Sie wunderte sich, dass sich, während sie sprachen, kein weiterer Kunde vor dem Stand eingefunden hatte, doch sie hatte sich getäuscht. Während sie mit Türgüt sprach, hatte sich eine Gruppe von Marktbesuchern gebildet, die sie erwartungsvoll anblickten und ihr beim Weggehen nachschauten, als erwarteten sie eine Art Zugabe. Auf dem Nachhauseweg überlegte sie, wer sie heute wohl noch auf das Fahrrad ansprechen würde, und während sie das dachte, überkam sie ein Gefühl, das einer kleinen Panikattacke nicht unähnlich war.

17

Eines Tages entschied Schwienhorst, dass die Verkaufsfläche neu gestaltet werden müsste. Da die Fahrradfachkräfte mit Wichtigerem beschäftigt waren, fiel die Aufgabe an Jochen. Möglicherweise, dachte der, war dieser Auftrag eine Reaktion darauf, dass er sich in letzter Zeit den Gesprächen mit seinem Chef immer mehr entzogen hatte, doch ganz sicher war er nicht.

Nach drei Tagen war er fertig, nur ein einzelnes Rennrad war übrig geblieben. Das war ärgerlich. Versuchsweise schob er das Rad zwischen zwei Damenräder, wo es eigentlich nicht hingehörte, stand eine Weile daneben und betrachtete es. Dann versuchte er das Rad aus der Reihe herauszuholen, doch es leistete Widerstand. Irgendwie war es verkeilt. Er hob es hoch, wobei es so heftig gegen sein Knie schlug, dass er es fallen ließ.

»Komm, lass mich mal.«

Jana, Schwienhorsts Tochter, ergriff das Gefährt, schob es zur gegenüberliegenden Seite des Raums und befestigte es mit dem Vorderrad an einem von der Decke ragenden Halter, wo es sich nicht rühren konnte.

»Du bist Jochen?«

»Ja.«

»Aus Berlin.«

»Ich habe in Berlin mit dem Studium angefangen, und bin dann hierher.«

»Das verstehe ich nicht.«

»Was verstehst du nicht?«

»Dass jemand wie du freiwillig aus Berlin hierher zieht.«

Jochen fand, dass die Formulierung *jemand wie du* aus dem Munde einer Abiturientin ein wenig altklug klang.

»Es war wegen des Studienschwerpunkts«, murmelte er.

»Hier ist nichts los«, sagte sie im verächtlichen Ton. »Hier gibt es nichts als Fahrräder.«

Vermutlich wollte sie ihn nur ein wenig provozieren, mit ihren engen Jeans, den braunen Locken und dem Gerede von Berlin. In diese Falle wollte er nicht laufen.

»Ich bin zufrieden«, sagte er. »Dein Vater ist sehr nett. Und er zahlt gut.«

»Stimmt«, sagte sie. Inzwischen saß sie auf der Kassentheke, in der Hand eine Schachtel Pralinen.

»Willst du eine?«

Was ging hier vor? Er fischte eine muschelförmige Praline aus der Schachtel und steckte sie in den Mund.

Sie ließ nicht locker. »Du bist sein neuer Gefangener«, sagte sie. »Zwingt er dich, nach Dienstschluss mit ihm zu diskutieren?«

»Ab und zu«, sagte er und fügte rasch hinzu: »Von zwingen kann keine Rede sein. Dein Vater macht sich viele Gedanken.« Auf keinen Fall wollte er sich eine Blöße geben. Vielleicht hatte Schwienhorst seine Tochter damit beauftragt, ihn auszuhorchen.

»Mein Vater braucht immer einen Blöden, den er zuquatschen kann«, sagte sie. »Ich habe für so was keine Zeit, und die Mechaniker würden kündigen, wenn er es bei ihnen versuchen würde. Am liebsten hat er sich mit deinem Vorgänger unterhalten. Bis der irgendwann verschwunden ist. Ein paar von den blöden Fahrrädern hat er auch noch mitgenommen.«

»Ich habe gar nicht den Ehrgeiz, mit deinem Vater so gut zu diskutieren wie dieser Vorgänger.«

»Das könntest du auch nicht. Der war nämlich einmalig. Außerdem hatte er wirklich was für Fahrräder übrig. Im Gegensatz zu meinem Vater, der Fahrräder hasst, musst du wissen.«

»Dein Vater hasst Fahrräder und besitzt trotzdem ein Fahrradgeschäft?«

»Er hat es von Opa übernommen. Und dessen Vater hatte auch schon eins. Anfangs wollte mein Vater das Geschäft gar nicht haben. Wegen seines Fahrradunfalls. Aber die Familienehre war wichtiger.«

Jochen nahm noch eine Praline. »Von seiner Behinderung merkt man nichts«, sagte er.

»Hat er dir den verschlossenen Raum gezeigt?«

»Da kommt keiner rein.«

»Sie waren oft drin, mein Vater und dein Vorgänger. Selbst ich durfte nie rein. Aber dieser Typ. Das ist doch seltsam, oder?«

»Keine Ahnung, was sich drin befindet«, sagte Jochen. »Interessiert mich auch nicht. Ich mache nur meine Arbeit.«

»Ist doch klar, was in dem Raum drin ist«, rief sie fröhlich. »Fahrräder.«

»Selbstverständlich«, sagte Jochen und lächelte schief. Woher wusste sie das, wenn sie den Raum nie betreten hatte?

»Aber die Pralinen mochten sie alle. Auch dein Vorgänger. Gerade der.«

Jochen mochte keine Praline mehr.

»Vielleicht liegen seine Knochen in dem Raum?«

»Wessen Knochen?«

»Mann, bist du schwerfällig!«, lachte sie. »Die Knochen von deinem Vorgänger.«

Jochen machte sich daran, den Lenker des nächstgelegenen Fahrrads mit Hilfe seines Taschentuchs zu polieren.

»Auch Ben und Fietze glauben, dass sich der Typ noch in der Stadt aufhält.«

Jochen hörte auf zu polieren. Offenbar kannte sie seine Mitbewohner. Außerdem ging sie davon aus, dass er das wusste. Vielleicht hatten sie alles arrangiert. Die beiden hatten darauf bestanden, dass auch er im Fahrradgeschäft arbeitete. Sie wollten, dass Schwienhorst jemanden zum Reden hatte. Vielleicht würde auch er, Jochen, irgendwann spurlos verschwinden.

»Kennst du den neuen Club im Hafenviertel? Ich bin jeden Freitagabend dort«, verkündete sie, während sie von der Theke rutschte.

Nachdem sie fort war, fiel ihm ein, dass er sie nach dem Namen seines Vorgängers hatte fragen wollte. Andererseits wusste er genau, wie der lautete.

18

G ibt es Neues vom Fahrrad?«

Marianne Keller saß im Arbeitszimmer ihres Mannes, im Sessel neben seinem Schreibtisch. Von hier aus konnte sie die Krone des Kirschbaums im Garten sehen. Sie liebte diesen Baum. Ihr Mann saß hinter dem Schreibtisch und schob Papiere hin und her, was auf ein schlechtes Gewissen hindeutete.

»Ich wollte dich da nicht reinziehen«, sagte er.

»Was meinst du mit *reinziehen*?«, sagte sie. »Du stellst irgendwelche Informationen in die sozialen Medien, worauf ich in der Stadt von wildfremden Menschen angesprochen werde, die mehr über dich wissen als ich. Ich bin mir wie eine Idiotin vorgekommen.«

»Die Polizei nimmt Fahrraddiebstähle nicht ernst. Ich würde auch ohne Fahrrad ins Büro gelangen, sagen sie. Daraus kann ich nur folgern: Wenn der Staat auf sein Gewaltmonopol verzichtet, müssen wir Bürger aktiv werden.«

»So weit ist es schon! Warum hast du mich nicht gewarnt?«

»Vielleicht hätte ich es dir sagen sollen. Aber ich wollte zunächst die Entwicklung beobachten.«

»Und? Hat sich etwas entwickelt?«

»Es ist bemerkenswert, wie viele Leute Kommentare geschrieben haben.«

»Was für Leute?«

»Aus allen Schichten der Bevölkerung. Leute, denen ihr Fahrrad gestohlen wurde. Leute, die jemanden kennen, dem sein Fahrrad gestohlen wurde. Leute, die befürchten, dass ihnen bald ihr Fahrrad gestohlen wird. Einer hat sich sogar erkundigt, ob ich ein Fahrraddieb sei, der sich auf diese Weise Informationen verschaffen wolle.«

»Alle aus Münster?«

»Und Umgebung. Es haben sich auch Studierende gemeldet. Einige baten mich, hart durchzugreifen.«

»Hart durchgreifen? Gegen wen?«

»Sie dachten wohl, ich wollte eine Bürgerwehr gründen oder so was. Aber das Einzige, was ich will, ist, einen Überblick über die Lage zu erhalten.

»Über was für eine Lage?«

»Das ist noch unklar. Wir wissen zu wenig. Aber ich habe offensichtlich in ein Wespennest gestochen.«

Sie blickte ihn scharf an. Wie so oft ärgerte sie sich über die winzigen schwarzen Härchen, die aus seiner Nase lugten. Vielleicht war es dieses unwichtige Detail, das sie am meisten an ihm störte. Mehrmals hatte sie beschlossen, ihm einen elektrischen Nasenhaarschneider zu schenken, sie hatte es aber nie getan, aus Furcht, dass er dieses Geschenk falsch interpretieren würde.

»Mittlerweile bin ich davon überzeugt, dass es nicht allein um Fahrräder geht«, sagte er.

»Worum denn sonst noch?«

»Ich weiß es nicht. Noch nicht. Ich will keine unbewiesenen Behauptungen aufstellen. Ich möchte möglichst viele Informationen einholen, um anschließend das ganze Bild beurteilen zu können. Andererseits habe ich eine Hypothese, und die lautet: Ein bedeutender Anteil der Verbrechen in dieser Stadt, insbesondere Fahrraddiebstähle, wird begangen, weil die Bevölkerung beunruhigt werden soll. Noch verfüge ich über keine Beweise für diese Theorie, doch die Indizien häufen sich.«

»Welche Indizien?«

»Die Zahl der Fahrraddiebstähle ist explosionsartig angestiegen. Außerdem werden jetzt Fahrräder gestohlen, für die sich früher kein Dieb interessiert hätte. Und der Aufwand steht oft in keinem Verhältnis zum materiellen Wert der Räder.«

»Aber warum gleich von Terrorismus sprechen, wo es doch bloß um Fahrräder geht?«

»Das Wort Terrorismus habe ich nicht verwendet. Noch nicht. Und wenn Terrorismus, dann handelt es sich um eine sanfte, irgendwie schleichend Variante. Wie der mörderische Terrorismus geht es dem sanften Terrorismus darum, allmählich die Werte einer Gesellschaft, die sozialen Standards, das Vertrauen in die Staatsmacht zu zersetzen. Ein schleichender Terror, der zunächst kaum bemerkt wird. Statt einer Bombe kleine Dosierungen von Gift, die niemanden umbringen, aber Einstellungen und Mentalitäten verändern. Die Erfahrung zeigt, dass die Menschen selbst nach dem schlimmsten Terroranschlag irgendwann zur Tagesordnung übergehen. Es trifft nur wenige. Aber wenn eine große Zahl sich ihres Alltags nicht mehr sicher ist, wenn nicht nur jeder ein Opfer sein könnte, sondern fast jeder ein Opfer ist, wenn auch nur eines Fahrraddiebstahls ...«

Er referierte Theorien, die sich mit dem sogenannten Umkippen von Stadtbezirken beschäftigten, er redete über die negative Signalfunktion von Graffiti und zitierte einen international bekannten Bürgermeister, der erfolgreich gegen Kleinkriminalität vorgegangen war. Reichlich viel gedanklicher Aufwand in Anbetracht eines Fahrraddiebstahls, fand sie, aber, und so kannte sie ihn, es musste nur den geeigneten Anlass geben, dann war er nicht zu stoppen, immerhin handelte sich um ein besonders teures Fahrrad, sein Ärger war berechtigt, und sie lebten in Münster, in einer Stadt, die sich in der deutschen Fahrradstadtrangliste konstant auf Platz zwei hielt.

Während er redete, bemerkte sie auf einem Ast des Kirschbaums ein ungewöhnlich gut gepolstertes, geradezu fettes Eichhörnchen. Merkwürdig hilflos baumelte es auf dem Ast und schien weder vor- noch zurückzukönnen.

Damit nicht nur er redete, sagte sie: »In Münster bewegt sich der Anteil des Radverkehrs um die fünfzig Prozent und wird immer mehr.«

»Richtig. Das steht auch auf dieser Homepage.«

»Welche Homepage?«

»Das habe ich doch gerade ausgeführt. Es gibt eine Homepage, die zum Fahrraddiebstahl aufruft. In englischer Sprache. Ein nicht unwichtiges Indiz.«

»Ein Indiz wofür?«

»Das muss ich herausfinden. Immerhin wird Münster als bevorzugtes Zielgebiet genannt.«

»Bist du sicher, dass das keine Scherzseite ist? Warum sollten ernsthafte Fahrraddiebe ihre Pläne im Internet verbreiten?«

»Weil es sich eben nicht um gewöhnliche Fahrraddiebe handelt, sondern um ganz andere Leute.«

»Was für Leute?«

»Das müssen wir herausfinden.«

»Solltest du das nicht der Polizei überlassen?«

»Missverstehe mich nicht. Es ist keineswegs so, dass ich der Polizei nicht mehr traue. Aber in derartigen Fällen verfährt die Polizei zu eindimensional. Sie arbeitet Schritt für Schritt irgendwelche Anzeigen von Bürgern ab. Hier handelt es sich jedoch um ein multidimensionales Problem, bei dem die konventionellen Institutionen erst dann reagieren, wenn es zu spät ist. Es geht uns nicht darum, die Polizei zu ersetzen, sondern sie mit zusätzlichen Informationen zu versorgen.«

»Es gibt also bereits ein Wir.«

»Ich habe dir erklärt, dass es lediglich darum geht, mehr Klarheit darüber zu erhalten, was in dieser Stadt eigentlich vor sich geht.«

Er wirkte verärgert, wie ein Lehrer angesichts einer besonders begriffsstutzigen Schülerin. Bislang hatte Frau Keller ihren Mann politisch für eher linksliberal eingeschätzt, was möglicherweise nicht mehr der letzte Stand war. Andererseits setzte sich dieses ominöse *Wir* vielleicht tatsächlich aus ganz normalen Bürgern zusammen, die ihre Augen offen halten wollten. Vielleicht sollte auch sie das machen.

Das Eichhörnchen hatte seine Position gewechselt und hing jetzt am Baumstamm, nein, es rutschte allmählich nach unten, wie ein übergewichtiger Schüler an einem hinterhältigen Sportgerät.

»Warum lachst du?«

»Ich …«

»Unsere Gesellschaft verändert sich rasant«, fuhr er fort. »Das Bürgertum zieht sich sukzessive in mittelgroße Städte mit guter Infrastruktur zurück, ein Umstand, der der anderen Seite keineswegs verborgen bleibt.«

»Welche andere Seite?«

»Eines scheint klar zu sein: Sie haben eine Botschaft, die allerdings, und das ist eindeutig Strategie, im Ungefähren bleibt. Es geht ihnen darum, allmählich die Ordnung aufzuweichen, und zwar, indem sie den bescheidenen Besitz ganz normaler Leute angreifen, aber auch öffentliche Güter von minderem Wert. Mit anderen Worten: Fahrräder stehlen, Papierkörbe anzünden, Hauswände beschmieren, Fahrkartenautomaten sprengen. Heuschreckengleich über Einrichtungen der Bundesbahn herfallen. Alles mitnehmen, was nicht mit großem Aufwand gesichert wurde. Eine Atmosphäre von Unsicherheit verbreiten.«

Allmählich wurde das Bild klarer. Das Insistierende in ihm, seine Detailbesessenheit hatte sich mit einem neuen Element verbunden, einer Art umfassendem Verdacht.

»Ich werde nicht mitmachen«, sagte sie mit fester Stimme. »Wer weiß, was sich da für Leute zusammenfinden.«

Sie blickte wieder Richtung Fenster. Am Kirschbaum hing kein Eichhörnchen mehr. Möglicherweise war es auf den Rasen geplumpst. Und lag da noch, weil es zu dick war, um weiterzuspringen.

Keller war aufgestanden. Auch er sah aus dem Fenster. »Vielleicht sind das alles Hirngespinste, und es gibt keine Terroristen in Münster, sondern nur stinknormale Fahrraddiebe«, sagte er. »Doch wie die Sache auch ausgeht: Ich stecke in einem interessanten Experiment mit den sozialen Medien. Ich habe mir vorgenommen, wie ein Chemiker ein paar heterogene Elemente zusammenzubringen und zu beobachten, was sich daraus ergibt.«

19

Plötzliches Aufwachen. Einige Minuten lang saß Jochen aufrecht im Bett, starrte auf das an der gegenüber liegenden Wand geheftete Plakat und versuchte, sich den Traum ins Bewusstsein zu rufen. Er saß auf einem Fahrrad, und es war nicht sein eigenes. Er fuhr den anderen hinterher (unklar, wem), und gleichzeitig »wusste« er, dass sich in einem auf dem Gepäckträger befestigten Korb ein grauenvolles Objekt befand. Widerwillig stieg er ab und blickte hinein. In dem Korb lag die Katze, die ihn anfauchte.

Er hatte sie seit Tagen nicht gesehen, vermutlich hatte Fietze sie eingesperrt.

Er hatte sich angewöhnt, vor dem Frühstück im Internet zu surfen. Bemerkenswert war, wie viele Seiten es dort gab, die das Thema Fahrrad behandelten. Er entdeckte unzählige Radsportseiten, Seiten über historische Fahrräder, alternative Radwegkonzepte und verloren gegangene Fahrräder. Es gab humoristische Seiten, aber auch solche, die interessante Fahrradunfälle dokumentierten. Schließlich entdeckte er eine Homepage, auf der jemand Informationen über Fahrraddiebe suchte, die angeblich im Münsterland ihr Unwesen trieben. Das war ein Lesezeichen wert.

An jenem Tag erschien er früher als die anderen vor Schwienhorsts Fahrradgeschäft. Er wollte ungestört in den verschlossenen Raum spähen. Er hockte sich vor ein ebenerdiges, stark verschmutztes Fenster. Mit ein wenig

Phantasie konnte er mehrere Fahrräder erkennen, die ungeordnet umherstanden oder -lagen. An einer Wand war ein dicker Ring befestigt, an dem eine schwere Kette hing. Auf dem Boden lag eine nicht ungefährlich aussehende Kneifzange. Diese Gegenstände hatten nichts mit Fahrradreparaturen zu tun. Er wischte an dem Fensterglas, doch der Schmutz befand sich auf der Innenseite. Drinnen lag ein Objekt, bei dem es sich um einen alten Schuh handeln mochte.

Eine Stimme in seinem Rücken sprach sachlich: »Du spionierst hier rum?«

Jana hatte sich angeschlichen.

»Ich spioniere nicht«, sagte er.

Nun spähte auch sie durch das Fenster. »Nur Fahrräder. Eins sieht niederträchtig aus.«

»Was meinst du mit *niederträchtig*?« Jochen spürte, wie ihn die bekannte innere Erregung überkam. »Wie kann ein Fahrrad niederträchtig aussehen? Warum sagst du das? Warum redest du so?«

Sie stand auf und schlug ihm auf die Schulter, kameradschaftlich und mitleidig zugleich, was er unpassend fand.

»Mein Vater hat dort unten Räder außerhalb des normalen Verkaufs stehen, das ist alles.«

»Und warum verschließt er diesen Raum? Warum tut er so geheimnisvoll?«

Sie blickte unbestimmt in die Ferne, als würde sie abwägen, ob er eine gewisse Wahrheit verkraften könne. Dann sagte sie: »Mein Vater … ich weiß, es klingt komisch, aber es wäre gut, wenn du nicht allzu oft mit ihm allein wärst.«

Er sagte nichts. Vielleicht war es ein grundsätzlicher Fehler von ihm gewesen, nach Münster zu ziehen und, um noch einen draufzusetzen, sich ausgerechnet in einem Fahrradgeschäft anstellen zu lassen.

»Du siehst bleich aus.«

»Nachts muss ich lernen. Die Prüfungen.«

Das war eine Lüge. In der Nacht trieb er sich im Internet herum, während er sein Studium vernachlässigte.

Nachdem Jana das Gelände verlassen hatte, dachte er: In ein paar Minuten wird wie immer als Erster der Fahrradmechaniker erscheinen. Später wie immer der Fahrradmechatroniker und zum Schluss wie immer Schwienhorst. Wie immer würde sein Tag von Fahrrädern bestimmt werden. Doch auch nach der Arbeit, allein in seinem Zimmer, würde es vor seinem Rechner mit den Fahrrädern weitergehen. Er musste die Fahrräder loswerden und hatte bereits eine Idee. Er würde ein paar Tage Urlaub bei seinen Eltern machen, und anschließend würde er im Fahrradladen kündigen und sich auf sein Studium konzentrieren, möglichst rasch den Abschluss machen, die Stadt verlassen, einen Job finden, Geld verdienen und sich ein ordentliches Auto zulegen.

20

Kaum war das Fahrradgeschäft geöffnet, erschien Keller im Verkaufsraum. Er zog einen Gegenstand aus seiner Aktentasche und warf ihn geräuschvoll auf die Theke. Jochen, hinter der Theke stehend, betrachtete das Objekt.

»Was ist das?«

»Was denken Sie? Ein Kunstwerk?«, sagte Keller.

»Aus Fahrradschlössern?«

»Das war ein Scherz. Das hier ist ein Produktdesaster, hervorgerufen durch versagende Sicherheitstechnologie. Ich möchte Ihren Vorgesetzten sprechen!«

Jochen ging in den hinteren Bereich des Geschäfts und kehrte in Begleitung des Fahrradmechanikers zurück.

»Sehen Sie sich das an«, sagte Keller. »Es handelt sich um einen gravierenden Reklamationsfall.«

Der Mechaniker zog das Objekt auseinander, bis es den größten Teil der Thekenfläche einnahm. »Das gibt es nicht«, sagte er. »Moment, ich hole meinen Kollegen. Der ist bei uns der Fahrrädersicherungsexperte.«

Kurz darauf standen sie zu viert vor der Theke und betrachteten mit großem Ernst, was einmal Fahrrad-schlösser gewesen waren.

»Wer das gemacht hat, muss Spezialwerkzeuge gehabt haben«, sagte der Mechatroniker.

»Ein einziges Mal habe ich so was gesehen«, sagte der Mechaniker. »Ich weiß nur nicht mehr wo.«

»Spielt das eine Rolle?«, fragte Keller.

»Eigentlich nicht«, sagte der Mechaniker. »Haben Sie diese Schlösser bei uns gekauft?«

»Wäre ich sonst hier?«

Jochen fühlte, wie sich eine angespannte Atmosphäre breit machte.

»Eigentlich sind das die besten Schlösser, die Sie als Privatmann kaufen können«, sagte der Mechatroniker.

»Das Wort *eigentlich* scheint mir innerhalb Ihrer Ausführungen entscheidend zu sein«, sagte Keller, »vor allem im Hinblick auf den Umstand, dass mir nur eine geringe Hoffnung bleibt, mein Fahrrad jemals wiederzusehen.«

Wie einer, der seine letzte, wenn auch mächtige Karte ausspielte, knallte er einen Kassenbeleg auf die Theke.

Der Mechatroniker nahm den Zettel und betrachtete ihn missmutig. »Das Fahrrad haben Sie wohl nicht bei uns gekauft?«

Schwienhorst erschien.

»Der Herr hat bei uns drei Fahrradschlösser gekauft, aus denen irgendjemand das da gemacht hat«, sagte Jochen.

»Hast du eine derartige Sauerei schon mal gesehen?«, fragte der Mechaniker.

»Kommen Sie mir jetzt nicht mit Stiftung Warentest«, sagte Keller. »Wie das aussieht, war ein Houdini am Werke.«

»Wer?« Schwienhorst schob die verbogenen Schlösser zusammen.

»Ein Mensch, der in der Lage ist, jedes Fahrradschloss auf der Welt zu knacken«, sagte Keller.

Der Mechaniker und der Mechatroniker sahen sich an, ohne etwas zu sagen.

»Es sind … es waren die besten Schlösser, die es im Handel gibt«, sagte Schwienhorst, »wir nehmen sie natürlich auf Kulanz zurück. Das war kein normaler Fahrraddieb. Ich habe einen Verdacht, wer es war, möchte jedoch keine voreiligen Verdächtigungen aussprechen. Wäre es möglich, dass wir diese Schlösser bei uns behalten?«

»Selbstverständlich, was soll ich damit anfangen?«, sagte Keller.

»Haben Sie irgendjemandem die Zahlenkombinationen verraten?«

»Nein. Außerdem habe ich sie alle vierzehn Tage geändert.«

»Wissen Sie, dass es eine Software zum Verschlüsseln von Fahrradschlössercodes gibt?«

»Selbstverständlich, aber ich traue ihr nicht. Hören Sie mir jetzt bitte genau zu.« Keller trat einen Schritt zurück und fuhr fort: »Wenn wir in dieser Stadt nicht einmal den besten Fahrradschlössern vertrauen können, geht uns ein wesentliches Stück Sicherheit verloren. Es mag sich um Kleinigkeiten handeln, aber Kleinigkeiten haben häufig eine enorme Bedeutung. In diesem Land kann ein normaler Bürger noch nicht mal sein Fahrrad sichern. Mir ist die Sache ernst. Haben Sie eine Vorstellung von dem Wert, den alle Fahrräder in dieser Stadt zusammengenommen haben?«

»Sie erhalten unbürokratischen Ersatz«, sagte Schwienhorst unbeeindruckt. »Jochen, holen Sie bitte drei neue Schlösser wie die da für den Herrn. Außerdem finde ich, dass Sie recht haben, Herr Keller. Fahrraddiebstahl gilt als Kavaliersdelikt. Das muss aufhören. Ich habe gelesen, was Sie im Internet schreiben. Alle hier ihm Raum sind auf Ihrer Seite. Allerdings ist es meiner Erfahrung nach ein absoluter Ausnahmefall, dass ein Fahrraddieb in der Lage wäre, am helllichten Tage mitten in Münster drei Schlösser dieser Qualität nicht nur zu knacken, sondern in etwas zu verwandeln, für das mir momentan der passende Begriff fehlt.«

»Wir hatten einen Angestellten, der zum Dieb geworden ist«, warf der Mechatroniker ein. »Der hätte das gekonnt. Er ist aber verrückt geworden.«

Schwienhorst warf ihm einen Blick zu und reichte die zerstörten Schlösser an Jochen, der damit verschwand.

»Noch eine Bitte«, sagte Keller. »Sie haben am Eingang ein Schwarzes Brett. Wäre es möglich, dort eine Anzeige anzupinnen?«

»Wie Sie wollen«, sagte Schwienhorst.

Keller reichte ihm ein aufwendig gestaltetes Blatt.

Schwienhorst warf einen Blick darauf und sagte: »Sie wollen sich mit dem Dieb unterhalten?«

»Ein Versuch«, sagte Keller. »Ich habe bereits etliche dieser Botschaften in Umlauf gebracht. Vielleicht bereut der Dieb seine Tat bereits. Vielleicht kann ich ihn überreden, sich aus dem Milieu zu lösen. Außerdem ist es für die Gesellschaft wichtig, mehr über die ideologischen Hintergründe dieser Leute zu erfahren.«

»Wenn Sie mich fragen – da hilft nur wegsperren«, sagte Schwienhorst. »Was meint ihr, Jungs?«

Der Mechaniker und der Mechatroniker nickten synchron.

Er wandte sich an Keller. »Ich kann Ihnen etwas Interessantes zeigen. Wir haben gestern brandneue Trekkingräder reinbekommen.«

Keller sah kurz auf seine Armbanduhr und versprach, am späten Nachmittag noch einmal vorbei zu schauen. Draußen stellte er fest, dass ihm Jochen gefolgt war.

»Kann ich Sie einen Moment sprechen, Professor Keller?«

»Ganz kurz. Ich muss zur Uni.«

»Ich wollte nur sagen … mir ist aufgefallen, dass es immer mehr werden?«

»Wer? Die Fahrraddiebstähle?«

»Die auch. Ich meine die Fahrräder.«

»Meinetwegen können die sich ruhig vermehren.«

»Ich mache mir Sorgen. Es gibt so viele.«

»Die Hersteller von Fahrradschlössern sollten bessere Produkte liefern. Damit wäre schon einiges gewonnen.«

»Das genügt aber nicht!«, rief Jochen. Er wirkte besorgt.

»Münster ist eine Fahrradstadt«, sagte Keller. »Das könnte sich als Achillesverse unseres Gemeinwesens erweisen. Mir geht es erst in zweiter Linie um mein gestohlenes Fahrrad. Vor allem geht es mir ums Prinzip.«

»Mir auch«, rief Jochen erregt. »Darum will ich mich Ihrer Gruppe anschließen!«

Am Abend fuhr Professor Keller mit einem neuen Trekking-Markenrad nach Hause. Dessen Preis von knapp dreitausend Euro verdankte sich zum nicht geringen Teil einer Speedhub-Schaltung mit vierzehn gleichmäßig abgestuften Gängen. Optimal war die Qualität des Sitzes, etwa in der Mitte zwischen sportlich und alltagstauglich. Das Fahrverhalten des Rades erwies sich in diesem ersten Test als insgesamt ruhig und ausgewogen, es war leicht, auf höhere Tempi zu beschleunigen und diese bergauf zu halten. Letzteres konnte nicht getestet werden, da es in Münster und Umgebung keinen Berg gab. In der Nähe des Aasees bemerkte Keller ein auf einem Wiesenstück liegenden Gegenstand. Er stieg ab und sah ihn sich genauer an. Das Objekt bestand aus drei Fahrradschlössern, die mit einem Vorderrad verbunden waren. Auf bestürzende Weise glich es dem Gebilde, das er am Morgen zum Fahrradgeschäft Schwienhorst transportiert hatte. Er zog sein Handy aus der Tasche und fotografierte das Objekt aus unterschiedlichen Perspektiven.

Am folgenden Tag gab es in Münster keine besonderen Vorkommnisse im Zusammenhang mit Fahrrädern.

An einem Samstag, kurz vor Dienstschluss, verkündete Schwienhorst, dass er Jochen den Betriebshof zeigen wolle, und zwar in einem Ton, als wäre es ein Privileg, dorthin mitgenommen zu werden. Der Betriebshof unterstand Schwienhorsts Bruder. Eigentlich wollte sich Jochen an diesem Wochenende mit dem Zivilrecht auseinandersetzen, doch er durfte Schwienhorst nicht verärgern, solange er keinen neuen Job gefunden hatte.

Nach einer Viertelstunde Autofahrt hatten sie ihr Ziel, ein Gewerbegebiet im Süden, erreicht. Der Betriebshof stellte sich als ein von einer Mauer umgebenes Gelände heraus, zugänglich lediglich durch eine Eisentür. Das ganze Gelände war voller Fahrräder, die meisten standen in Reihen gegeneinander gelehnt, andere bildeten Metallhaufen, zwischen denen sich eine einzelne Person wie auf schmalen Gartenpfaden bewegen konnte. Wer genauer hinsah, erkannte, dass alle Fährräder verrostet, beschädigt oder nur noch teilweise vorhanden waren. Jochen sah nicht nur Fahrräder, sondern auch Einzelteile: Stapel von Reifen, Rahmen, es gab sogar einen kleinen Hügel aus Fahrradklingeln. Hinten erstreckten sich zwei flache Schuppen, in denen sich vermutlich noch mehr alte Fahrräder befanden. In einem der Gebäude verschwand Schwienhorst, während sich Jochen die Fahrräder genauer ansah. Italienische Rennräder, viele Mountain Bikes und ein seltsam verstörend wirkender Bezirk, der Kinderrädern vorbehalten war. Die Räder sahen aus, als würden sich nicht mal die Fahrraddiebe für sie interessieren. So ging es vielen Rädern, die, von ihren Besitzern verlassen, sinnlos an öffentlichen Fahrradständern angekettet waren oder traurig in Hinterhöfen verrotteten. Dies also war ihre letzte Ruhestätte. Es war, als hätten sich alle kaputten Fahrräder der Region hier eingefunden.

Endlich kehrte Schwienhorst zurück, zusammen mit seinem Bruder. Der Bruder trug eine tintenblaue Latzhose und zog ein Bein nach. Als sie neben ihm standen, fiel Jochen die Ähnlichkeit der beiden auf. Er reichte Schwienhorsts Bruder die Hand, und wie zur Begrüßung sagte dieser: »Hier erhalten sie ihr Gnadenbrot.« Nach einer kurzen Pause fuhr er fort: »Man hat ihnen ganz schön was angetan, was?«

Jochen wusste nicht, was er antworten sollte. Offenbar bezog sich die Bemerkung auf die Fahrräder. Sie schlenderten eine Weile durchs Gelände, wobei der Bruder immer wieder stoppte, ein Fahrrad hervorzog und etwas erklärte. Ein paarmal betätigte er eine Fahrradklingel oder versuchte es, denn meistens funktionierten die Klingeln nicht.

Jochen wusste nicht, warum das alles geschah. Er hatte nie etwas gegen Fahrräder gehabt, eigentlich war er von Kindesbeinen an gern Fahrrad gefahren, sogar in Berlin, eine Stadt, die, wie er hier ständig zu hören bekam, keine richtige Fahrradstadt war. Münster hingegen war nicht nur eine Fahrradstadt, sondern verfügte sogar über einen großen Fahrradfriedhof.

»Na, Jochen, was sagst du dazu?« Schwienhorst sah ihn herausfordernd an, als erwartete er mehr Begeisterung.

»Die wenigsten Münsteraner wissen überhaupt, dass dieser Schatz existiert!«

»Ich bin beeindruckt«, sagte Jochen.

»Geld verdienen kann man damit nicht, uns geht's ums Prinzip«, sagte der Bruder und machte eine ausholende Armbewegung. »Die will keiner mehr. Einige könnten wir herrichten, aber der Aufwand lohnt sich nicht. Wir wollen sie nicht verschrotten. Also sammeln wir sie.«

»Oft gehen wir gemeinsam übers Gelände spazieren und schauen sie uns an«, ergänzte Schwienhorst.

»Ohne die Konsumgesellschaft gäbe es das gar nicht«, sagte sein Bruder. »Der Überfluss zerstört das Verhältnis zum einzelnen Ding. Anstatt dass die Leute ihre Sachen zur Reparatur geben, werden sie nach kurzer Zeit weggeworfen, und was Neues muss her. Das ist Irrsinn.«

»Ich kann ganz gut verstehen, dass niemand diese Räder will«, sagte Jochen leise.

Schwienhorsts Bruder seufzte. Er machte eine Handbewegung. »Alle diese Fahrräder sind von ihren ehemaligen Besitzern einmal sehr geliebt worden.« Er bückte sich und versuchte, ein besonders heruntergekommenes Hollandrad in aufrechte Position zu bringen, was misslang, da sich an dem Rad keine Stütze befand.

»Wir sollten unsere Räder besser behandeln«, sagte Schwienhorst.

Vorsichtig legte sein Bruder das Hollandrad auf dem Boden ab.

»Mein Rad habe ich schon viele Jahre, und ich behandle es gut«, sagte Jochen.

»Recht so«, sagte Schwienhorst. »Du bist nämlich ein guter Junge.«

Jetzt war Jochen, der lange gezweifelt hatte, endgültig sicher, dass der Mann verrückt war. Er musste daran denken, was Jana gesagt hatte.

»Trotzdem werden immer mehr Fahrräder geklaut«, fuhr Schwienhorst fort. »Und zwar nicht, weil die Diebe die Fahrräder besitzen wollen, sondern weil sie uns einschüchtern wollen. Aber das werden wir uns nicht länger bieten lassen.«

»Wer ist *wir*?«

»Das wirst du bald erfahren«, sagte Schwienhorst. »Und jetzt begleite uns ins Lager, das hier war nur das Vorspiel.«

Zur gleichen Zeit bemerkte Frau Keller, die sich in einem Café von einer Einkaufstour erholte, ein Fahrrad, das sich durch die Ludgeristraße bewegte. Einen Moment benötigte sie, um zu verstehen, was sie gesehen hatte, dann handelte sie. Sie sprang auf, packte ihre Taschen, warf filmreif ein paar Münzen auf den Tisch und stürzte zur Tür, wobei sie ein junges Pärchen, das gerade das Café betrat, beinahe gegen eine Kuchenvitrine geschleudert hätte. Gerade noch konnte sie erkennen, wie eine Gestalt mit langen, grauen Haaren, die einen bodentiefen, karierten Wollmantel trug, mit dem Fahrrad ihres Mannes in die Windthorststraße einbog. Fast hatte sie den Verdächtigen erreicht, da bemerkte dieser, dass er verfolgt wurde. Er beschleunigte seine Schritte. Jetzt sah sie, dass etwas mit dem Fahrrad nicht stimmte – es fehlte das Vorderrad. Sie hatte also Chancen, den Dieb zu fassen. Das Jagdfieber verdrängte jeden vernünftigen Gedanken. An der Raphaelsklinik vorbei ging es auf die Promenade Richtung Ludgeriplatz. Trotz der Unvollständigkeit des Rads erlangte der Mann eine bemerkenswerte Geschwindigkeit. Endlich bog er wieder in die Ludgeristraße ein, während sich seine Verfolgerin erschöpft auf einer Parkbank niederließ. Keiner der zahlreich vorhandenen Passanten hatte von dem Vorfall erkennbar Notiz genommen. Worüber sie außerordentlich froh war.

S ie sind der Mann mit dem Holzrad?«

»Ich bin der Mann ohne Holzrad«, betonte Professor Keller. »Und wenn ich Ihren Gesichtsausdruck richtig interpretiere, werde ich es noch eine Weile bleiben.«

Der Beamte hinter dem Schreibtisch brachte seinen Körper in eine bequemere Position. »Sieht aus, als hätten Sie recht«, sagte er. »Tut mir leid, Herr Professor.«

Ein weiterer Polizist betrat das Zimmer, warf einen kurzen Blick auf Keller und beugte sich zum Ohr seines Kollegen.

Darauf wandte sich der erste Polizist an Keller und sagte, irritierend zufrieden: »Sie vermuten also, Herr Keller, dass es sich in Ihrer Angelegenheit um mehr handelt als um einen gewöhnlichen Fahrraddiebstahl?«

Wieder beugte sich der erste Polizist zum zweiten Polizisten und flüsterte etwas, das Keller nicht verstehen konnte.

Der erste Polizist war überrascht. »Sie wollen Kontakt mit dem Täter aufnehmen, Herr Keller? An Ihrer Stelle wäre ich vorsichtig. Überlassen Sie die Ermittlungsarbeit besser uns.«

»Wir haben es hier mit einem besonderen Fall zu tun«, erklärte Keller.

»Das sagen alle«, sagte der erste Polizist.

»Aber Sie gehen nach wie vor davon aus, dass es sich um einen Fahrraddiebstahl handelt?«, sagte der zweite Polizist.

»Ich möchte es Ihnen erklären«, sagte Keller. Einen Fahrraddiebstahl bezeichne ich als F. Normalerweise gilt: F gleich F.«

»Das würde ich meinen«, sagte der erste Polizist nachdenklich.

»Gut. Lassen Sie uns den nächsten Schritt gehen! Meine Hypothese besagt, dass wir es hier mit F1 zu tun haben. F1 gleich F plus x.«

»Okay«, sagte der erste Polizist und lächelte. »Die entscheidende Frage lautet also: Was bedeutet x?«

»X gleich T«, sagte Keller. »T bedeutet Terrorismus. Das ist der Kern meiner Hypothese.«

»Können Sie es beweisen?«, fragte der erste Polizist.

»Selbstverständlich nicht. Aber es gibt ein paar Indizien. Erstens das merkwürdige Objekt, das der Dieb aus den drei Fahrradschlössern gemacht hat, mit denen ich das Rad unvorsichtigerweise zu sichern versuchte. Dann der neuerliche Fund eines Fahrradrests inklusive dreier Fahrradschlösser, dann die Auffälligkeit meines Fahrrads sowie der vergebliche Hinweis auf dessen Codierung, die ich mittels eines Warnaufklebers vorgenommen habe, und schließlich die ominöse Webseite, die zum Diebstahl von Fahrrädern aufruft.«

»In Münster?«

»Im Internet.«

»Und was hat das alles mit Terrorismus zu tun?«

Die Schwerfälligkeit der Staatsorgane war ein Faktor, mit dem Keller grundsätzlich rechnete. Gelassen fuhr er fort: »Ich spreche nicht von körperlicher Gewalt. Ich spreche von der systematischen Verunsicherung der Bevölkerung. Ich gehe davon aus, dass es sich bei der Tat um eine Botschaft handelt.«

Der erste Polizist sagte etwas zum zweiten Polizisten, worauf dieser verschwand. Dann wandte er sich wieder an Keller. »Terroristen greifen systematisch das Privateigentum von Bürgern an, nicht, um sich zu bereichern, sondern um sagen wir mal Verwirrung zu stiften. Gebe ich damit Ihre Hypothese korrekt wieder?«

»Absolut. Allerdings wird sie sich nicht so leicht verifizieren lassen. Ich habe lediglich eine Abduktion gebildet.«

»Eine was?«

»Eine Abduktion ist eine bestimmte Form logischer Schlüsse.«

»So was wie ein Beweis?« Die Miene des Polizisten kündete von neuerwachtem Interesse.

»Bei einer Abduktion handelt es sich um einen Instinkt, der auf die unbewusste Wahrnehmung von Beziehungen zwischen Aspekten der Welt angewiesen ist, oder, in einer anderen Terminologie, der auf der unbewussten Kommunikation von Nachrichten beruht.«

Der zweite Polizist, der aus dem Nebenzimmer getreten war, sagte: »Das können wir so nicht aufnehmen.«

»Warte mal.« Der erste Polizist beugte sich vor. »Ich finde hochinteressant, was der Professor sagt. Fahren Sie fort! Ich würde gern verstehen, was eine Abduktion ist.«

»Im Gegensatz zu Deduktion und Induktion ist die Abduktion die einzige Art des Schließens, die zu einer neuartigen Vorstellung führt«, erläuterte Keller. »Ihre einzige Rechtfertigung liegt darin, dass wir, wenn wir jemals überhaupt etwas verstehen wollen, es nur auf diese Weise können.«

Der Polizist lehnte sich zurück und dachte nach. Dann sagte er: »Also wäre die Abduktion der erste Schritt im Erkenntnisprozess. Der zweite wäre die Bildung einer Hypothese, also die Deduktion. Und am Ende stünde das Sammeln von Fakten, die die Vorannahmen verifizieren, also die Induktion.«

Keller konnte sich ein Lächeln nicht verkneifen. Offensichtlich war die hiesige Polizei darin geschult, sich in einer Universitätsstadt standhaft zu bewähren.

»Völlig korrekt«, sagte er, und in seiner Stimme schwang Erleichterung mit. »Was mich interessiert, ist die Frage, ob bestimmte unvorhersehbare Ereignisse einer Regel folgen und, falls ja, wie diese lautet. Zurzeit verfüge ich über keinen logischen Beweis für eine Regel. Andererseits kann ich die Zunahme auffälliger Ereignisse in dieser Stadt nicht einfach ignorieren.«

»Was die Polizei allzu häufig tut?«

»Das habe ich nicht gesagt.«

»Und was sollten wir Ihrer Meinung nach unternehmen?«

»Behandeln Sie den Fall wie einen gewöhnlichen Fahrraddiebstahl. Sie arbeiten nach Ihrer Methode und ich nach meiner. Und die besteht vor allem in der Beobachtung von Details, die anderen nicht auffallen.«

Der Polizist stand auf und sagte nachdenklich: »Ich wollte, wir hätten die Zeit, nach Ihrer Methode zu arbeiten. Eine Ahnung sagt mir, dass in diesem Fall unser Job weitaus interessanter wäre.«

Der zweite Polizist streckte Keller einen Gegenstand hin. »Ihre Hupe«, sagte er. »Sie haben sie mitgebracht, als Sie das letzte Mal bei uns waren.«

»Sie sind bestimmt froh, dass Sie sie los sind«, sagte Keller lächelnd.

»Das habe ich nicht gemeint.«

Mit der Hupe in der Hand verließ Keller das Polizeirevier. Er befand sich im absoluten Zentrum der Stadt, unweit des Prinzipalmarkts. Als er in den Alten Steinweg einbog, drängte sich eine wenig vertrauenswürdig aussehende Gestalt an seine Seite. Keller beschleunigte seine Schritte und verschwand im Gedränge der Salzstraße. Zurück blieb Karl, in der Hand ein hölzerner Fahrradrahmen.

26

Es war nicht das erste Mal, dass ein Fremder in Karls Wohnung hauste. Wer nicht mit dem Leben klarkam, brauchte jemanden, der sich um ihn kümmerte. Als Karl jung gewesen war, hatte er selber zu diesen Menschen gehört. Er hatte es zuhause nicht mehr ausgehalten und war auf der Straße gelandet. Die Straße hätte ihn damals vernichtet, hätte ihn nicht ein alter Mann aufgenommen. Es hatte zwei oder drei Jahre gebraucht, bis Karl in der Lage war, sein Leben allein zu organisieren. Dann war der alte Mann gestorben. Jetzt war Karl dieser Mann.

Die Probleme der Leute hatten meistens damit zu tun, dass sich in ihrem Kopf irgendwann ein fataler Befehl eingebrannt hatte, der bewirkte, dass sie immer wieder die gleichen schlechten Dinge taten. Oft hatte das mit Alkohol zu tun. Doch in Wahrheit flüchteten sich die Leute nicht in den Alkohol, sondern in den Befehl.

Wenn seine Gäste schwierig wurden, musste sie Karl wieder loswerden. Zum Glück hatte er es drauf, wie man mit den Behörden umgehen musste. Die kannten ihn. Manchmal musste man hart sein, um sich selbst zu schützen.

Bernie hatte kein Interesse an Alkohol. Noch weniger Interesse hatte er an Gewalt. Er war der friedlichste Mensch, den Karl jemals kennengelernt hatte, er glich den Kapuzinermönchen in ihren braunen Kutten, denen er manchmal in der Stadt begegnete. Er freute sich jedes

Mal, wenn er einen von denen sah. Bernie hatte andere Probleme, die allerdings denen der Alkis nicht unähnlich waren. Karl musste ihn davon abhalten, immer wieder loszuziehen, um Fahrräder zu klauen. Das war unvernünftig, sogar vom Standpunkt eines Diebs her gedacht. Denn es gab kein System bei dieser Klauerei. Bernie nahm jedes Rad: Herrenrad, Damenrad, teures Rad, billiges Rad, Klapprad, rotes, grünes, blaues Rad, Rennrad, Elektrorad. Notfalls den letzten Schrott. Er schleppte die Räder an irgendwelche obskuren Orte und leider auch in Karls Wohnung, um sie sogleich zu vergessen.

»Bleib lieber hier«, sagte Karl, wenn Bernie aussah, als könnte er es nicht aushalten. »Lass uns fernsehen oder einen Spaziergang machen.«

Dann sah ihn Bernie traurig an und legte sich aufs Sofa. Seine Hände zitterten. Manchmal, wenn Karl nicht hinschaute, gelang es ihm zu entwischen. Bestimmt schämt er sich für seine Neigung, redete sich Karl ein.

Bernie hatte vorgeschlagen, für seinen Aufenthalt in Karls Wohnung zu bezahlen. Karl wollte das aber nicht, er ahnte, woher das Geld kam. Bernie sollte sein Geld ehrlich verdienen. Einmal ließ Bernie durchblicken, dass er früher in einer Fahrradwerkstadt gearbeitet hatte, aber so etwas kam nicht mehr in Frage. Man ließ einen Alkoholiker nicht in einer Whiskybrennerei arbeiten!

Karl fand immer mal wieder Fahrradteile in seiner Wohnung, eine Klingel im Spülbecken, einen Reifen unter dem Sofa. Dann wusste er, dass es Bernie schlecht ging. Wie kriegte er ihn nur runter von den Rädern? Totale Abstinenz funktionierte in Münster nicht. Man brauchte hier bloß aus dem Haus zu treten und schon war man im

Fahrradparadies. Karl trug die Fahrradreste in den Keller und vergaß sie.

Dann hatte er eine Idee. Sie mussten gemeinsam etwas unternehmen, das mit Fahrrädern zu tun hatte, aber harmlos war. Erstaunlicherweise ging Bernie ohne zu zögern darauf ein. Es funktionierte so: Sie zogen sich lange, karierte Mäntel an und begaben sich zusammen mit zwei Fahrrädern an eine Stelle, an der viele Leute vorbeikamen, beispielsweise in die Nähe der Einkaufszone. Es musste ein Platz sein, wo man mit dem Fahrrad ein paar Runden drehen konnte. Karl stellte sich in die Mitte, und Bernie fuhr laut klingelnd um ihn herum. Karl tat so, als würde er dadurch ins Taumeln gebracht. Bernie machte einen Handstand auf dem Lenker, meistens fiel er gleich wieder runter, aber so geschickt, dass er sich nicht wehtat. Meistens blieben schon in dieser Phase ein paar Passanten stehen. Aha, Fahrradclowns! Karl kratzte auf seiner Geige herum, während Bernie Kapriolen machte.

Wenn genug Leute um sie herumstanden, unterhielten sie sich laut miteinander, etwas so:

Karl: »Hast du mein Fahrrad gesehen?«

Bernie: »Welches Fahrrad?«

Karl: »Na, dieses Fahrrad da!« Karl deutete auf Bernies Rad.

Bernie: »Dein Fahrrad? Interessant. Woher weißt du, dass das dein Rad ist?«

Karl: »Woher? Ich weiß es einfach. Das genügt mir.«

Bernie: »Das Einzige, was ich weiß, ist, dass du zu wissen glaubst, dass dies dein Rad ist.«

Karl: »Ich glaube nicht nur zu wissen, dass das mein Rad ist. Ich weiß es tatsächlich.«

Bernie: »Du musst erst erweisen, dass du es weißt.«

Karl: »Gut, dann erweise ich hiermit, dass dies mein Rad ist.«

Bernie: »Wenn du sagst, dass du erweist, dass dies dein Rad ist, kannst du nicht daraus schließen, dass dem so ist.«

Sie trieben den Unsinn in verschiedenen Varianten so lange, bis die Leute bereits lachten, wenn einer nur das Wort Fahrrad aussprach.

Der Abschluss ihrer Aufführung ging immer so:

Karl: »Ich gebe auf.«

Bernie: »Schade. Warum?«

Karl: »Weil ich etwas verstanden habe.«

Bernie: »Aha, du hast etwas verstanden. Was?«

Karl: »Münster – ist eine Fahrradstadt.«

Applaus.

Die Zuschauer, nicht recht wissend, was sie eigentlich gerade gesehen hatten, warfen stets ordentlich Geld in die Kiste. Karl war sicher, dass seine Methode nur in dieser Stadt funktionierte. Für Menschen am Rande der Gesellschaft war Münster eine der angenehmeren Städte. Und wenn jemand sagte: »Woanders weht ein ganz anderer Wind«, meinte er bestimmt das Ruhrgebiet.

Nach den Auftritten war Bernie für eine Weile zufrieden und ließ die Finger von Fremdrädern. Bis es wieder losging.

27

Da Professor Keller durch die Vorbereitung seiner Seminare für das kommende Wintersemester stark vereinnahmt war – er hatte beschlossen, sich intensiv mit gewissen Aspekten der Logik auseinanderzusetzen –, musste er seine Onlineaktivitäten vernachlässigen. An einem Sonntagnachmittag stellte er fest, dass in seinem Blog eine Art Überschwemmung eingetreten war, der er irgendwie Herr werden musste. Die unzähligen Nachrichten und Kommentare ließen sich grob in acht Kategorien einteilen.

1. Endlich mal jemand, der sich um die wachsende Zahl von Fahrraddiebstählen kümmert. Bravo!

2. Statt die Schuldenpolitik der Bundesregierung anzuprangern, verschwenden manche Leute ihre wertvolle Zeit mit Fahrrädern.

3. Münster erstickt in Fahrrädern. Da kommt es auf ein paar geklaute sowieso nicht an.

4. Fahrraddiebstahl ist Mundraub. Typisch besitzbürgerliche Arroganz, ein paar Arme zu kritisieren, die sich Fahrräder »leihen«, anstatt, was wichtiger wäre, gegen die Auswüchse des grassierenden Neoliberalismus vorzugehen.

5. Alle in diesem Blog schreiben über Fahrräder. Aber wer schreibt über meine Probleme?

6. Wo kann man hier gegen Ausländer unterschreiben?

7. Mir ist gestern mein Fahrrad gestohlen worden. Der Typ hat das Schloss auf der Straße liegen lassen. Es sah irgendwie komisch aus. (Dazu ein Kommentar: Woher wissen Sie, dass der Dieb ein Mann ist?)

8. Ich habe schon seit Langem den Verdacht, dass hinter den vielen Fahrraddiebstählen in dieser Stadt ein System steckt.

Nur die beiden letztgenannten Kategorien fand Keller einer näheren Betrachtung oder sogar Beantwortung wert.

»Auf keinen Fall darfst du dich mit diesen Leuten treffen«, sagte seine Frau. »Damit machst du alles bloß schlimmer.«

»Was meinst du damit?«

»Ich habe das Gefühl, die ganze Stadt spricht über nichts anderes als über dein gestohlenes Fahrrad. Heute Morgen hat mich mein Zahnarzt gefragt, ob du dein Fahrrad endlich gefunden hast. Während er in meinem Mund war. Er wirkte dabei so unkonzentriert. Das hat mir gar nicht gefallen.«

Keller drehte den Monitor seines Computers herum, so dass seine neben ihm sitzende Frau auf den Bildschirm schauen konnte, und fragte: »Was siehst du?«

»Klau mich«, las sie vor.

»Was meinst du, was diese Leute wollen?«

»Ich weiß, was du suggerieren willst. Es sieht so aus, als wollten diese Leute das totale Chaos. Vielleicht ist das Ganze aber nur ein Scherz. Heutzutage ist die Welt voll mit Dingen, die ganz schrecklich sind und gleichzeitig als Scherz betrachtet werden können.«

»Eben. Deshalb möchte ich möglichst viele Daten sammeln, die mit diesem Phänomen zu tun haben. Dazu benötige ich Verbündete, also Menschen, die ähnliche Beobachtungen gemacht haben wie ich und sich darüber austauschen wollen.«

»Meiner Ansicht nach bist du mit deinen Aktivitäten zu weit gegangen. Du hättest nicht signalisieren sollen, dass du dich mit den Fahrraddieben unterhalten willst.«

»Man muss mit allen Leuten reden. Sogar und vor allem mit Fahrraddieben. Aber keine Sorge, es hat sich niemand gemeldet. Das habe ich erwartet. Es handelt sich um hochintelligente Ideologen, die sich mit modernen Kommunikationsstrategien bestens auskennen. Sie argumentieren niemals. Was sie wollen, ist das Ende jeglicher Argumentation. Was sie wollen, ist Instabilität. Als Durchschnittsbürger bekommt man ohnehin immer mehr das Gefühl, dass es bald vorbei sein wird.«

»Was wird vorbei sein?«

»Was weiß ich? Unsere Lebensweise. Unsere Ruhe. Alles!«

Sie hatte das Gefühl, dass sie jetzt sehr streng sein müsste, auch wenn es ihrem innersten Wesen widersprach. Also sagte sie, ihren Mann ernst anblickend und wie abschließend: »Du kannst nur nicht akzeptieren, dass dir dein blödes Fahrrad gestohlen wurde.«

28

J ochen hatte sich schon lange nicht mehr auch nur in der Nähe eines Universitätsgebäudes aufgehalten. Stattdessen fand er sich mit einer Beharrlichkeit, die ihn selbst überraschte, jeden Morgen um acht Uhr am Schreibtisch vor seinem Notebook ein, um in ausgiebigen Internetrecherchen zu versinken. Alles, was mit Fahrrädern zu tun hatte, interessierte ihn. Vor allem aber wollte er Bernward ausfindig machen. Offensichtlich war, dass ihm Ben und Fietze, warum auch immer, eine entscheidende Wahrheit verheimlichten. Es gab nur einen Weg: Er musste sie mit unwiderlegbaren Fakten konfrontieren. Zum Glück, lachte er in sich hinein, war Bernward ein eher seltener Name, die ganze Sache würde sich weitaus schwieriger gestalten, wenn er einen Markus suchen müsste, oder, und das wäre wirklich komisch, einen Jochen. Doch eins war sicher: Ein notorischer Fahrraddieb würde sich im Internet niemals offen zeigen. Also brauchte er versteckte Hinweise und geheime Andeutungen. Bald wurde er fündig. Es waren naheliegende Suchbegriffe wie *Fahrraddiebstahl*, *Sucht* und *Münster*, die ihn auf die richtige Spur führten. Die Internetaktivitäten von Professor Keller standen regelmäßig oben in der Liste; weiter hinten aber entdeckte er einen Link zu einer Seite, auf der sich jemand als professioneller Fahrraddieb zu erkennen gab. Das Wort *Fahrraddieb* stand dort zwar nicht explizit, aber es bestand kein Zweifel. Offenbar wurde der Schreiber von einem inneren Zwang getrieben, sich unentwegt und ausschließlich mit Fahrrädern zu beschäftigen. Er schien zu wissen, dass er ein Suchtproblem hatte, doch gelang es ihm dennoch nicht, davon loszukommen. Armer Kerl, dachte Jochen. Obwohl sich vieles in Bernwards Texten wiederholte (denn zweifellos handelte es sich bei dem Schreiber um Bernward), las Jochen alles, was er finden konnte. Es existierten alle möglichen Süchte, warum also sollte es keine Fahrradsucht geben? Im Fall von Bernward handelte es sich um die Zwangsstörung, jeden Tag durch die Stadt zu laufen, um Fahrräder zu betrachten. Und mitzunehmen. Er entwendete, wie er schrieb, sogar Einzelteile von Fahrrädern und baute sie zu neuen Rädern zusammen. Um von seiner Sucht loszukommen, schob er demonstrativ gestohlene Fahrräder durch die Stadt, in der Hoffnung, dafür ins Gefängnis zu kommen, was sich aus unterschiedlichen Gründen als naiv erwies. Also stahl er immer mehr Fahrräder.

Sobald Jochen sicher war, genügend Fakten gesammelt zu haben, beorderte er seine Mitbewohner in die Küche. Innerlich zitterte er vor Anspannung, doch seine Gesichtszüge drückten eine gelassene Erwartungshaltung aus. Endlich konnte er sagen, was er schon immer hatte sagen wollen. Was ihn ärgerte. Ihre Geheimnistuerei. Ihr Drumherumreden. Dass sie ihn nicht ernst nahmen. Dass sie ihn ohne Vorwarnung mit unangenehmen Wesen (Katze) konfrontierten.

»Die Katze kommt nicht mehr rein in die Küche«, sagte Fietze. »Versprochen.«

»Du verstehst nicht, worum es geht«, gab Jochen zurück. »Ich habe ein Recht darauf zu wissen, was *eigentlich vorgeht!*«

Ben und Fietze sahen sich an, als verstünden sie nichts, doch Jochen war klar, dass sie ihn sehr wohl verstanden hatten.

»Er will die Wahrheit wissen«, sagte Ben.

»Ach«, machte Fietze.

»Habt ihr ihm geholfen? Seid ihr auch Fahrraddiebe? Fietze, du mit deinem Fahrradtick, hast du damals Bernward dabei geholfen, Fahrräder zu stehlen?«

Fietze verschränkte seine Arme vor der Brust und sagte ruhig: »Ich habe keinen Fahrradtick.«

»Hier klaut niemand Fahrräder«, sagte Ben in ernstem Ton. »Als Theologe könnte ich mir das auch nicht leisten.«

»Willst du damit sagen, dass *ich* es mir leisten kann?«, fragte Fietze. »Willst du *das* sagen, Ben?«

»Selbstverständlich nicht, Fietze«, sagte Ben. »Was ich damit ausdrücken wollte ist, dass ich als Christ Verständnis für Bernward hatte, was nicht bedeutet, dass ich sein Treiben unterstützt habe.«

»Und ich? Bin ich kein Christ?«, fragte Fietze.

»Was redet ihr?«, rief Jochen. »Heraus damit! Wer ist Bernward wirklich? Wo steckt er? Warum habt ihr mir nicht die Wahrheit gesagt?«

»Wir wollten dich nicht damit belasten«, sagte Ben zögernd.

»Stimmt«, sagte Fietze, wie erleichtert über dieses Argument. »Wir wollten dich nicht belasten.«

»Es ist eure Unehrlichkeit, die mich belastet«, sagte Jochen laut.

»Das ist nicht gut«, sagte Fietze.

»Hör zu«, sagte Ben. »Irgendwann ist es so schlimm mit Bernward geworden, dass wir ihn aus der Wohnung werfen mussten. Ich glaube nicht, dass wir dir das unbedingt sagen mussten, vor allem, weil wir dich erst kurz kannten.«

»Im Grunde hat uns Bernward leidgetan«, sagte Fietze.

»Was er im Internet schreibt, ist wahr«, sagte Ben düster. »Es ist immer schlimmer mit ihm geworden. Armer Kerl.«

»Gebt zu, ihr habt noch Kontakt zu ihm«, insistierte Jochen.

»Ich schwöre, nein.«

»Und die Fahrräder? Die vielen Fahrräder im Keller? Alle gestohlen?«

»Welche Fahrräder?«, fragte Fietze interessiert.

»Wovon ich spreche, ist das Gebirge von gestohlenen Fahrrädern im hinteren Keller, das uns alle in den Knast bringen wird!«, rief Jochen. »Wovon ich spreche ist, dass ich Jura studiere, und dass ich als Vorbestrafter, selbst wenn die Vorstrafe nur zur Bewährung ist, keine Chance auf eine Karriere habe, bei der Konkurrenz heutzutage, wo man mit Juristen die Straße pflastern kann. Und du, Ben, wirst ein Theologe mit Vorstrafenregister sein, der im besten Fall zu Weihnachten vor dem Dom Gesangstexte verteilen darf.«

»Es gibt kein Gebirge«, sagte Fietze. »Lieber Jochen, im Keller gibt es kein Gebirge.«

»So? Dann gehen wir jetzt gemeinsam nach unten und schauen uns die Fahrräder gemeinsam an und machen gemeinsam einen Plan, was wir mit ihnen tun werden.«

»Ich gehe nicht in den Keller«, sagte Fietze. »Was ist mit dir, Benedikt? Gehst du in den Keller?«

»Solange sich Jochen nicht abregt, gehe ich auch nicht in den Keller«, sagte Ben.

»Dann gehe *ich* jetzt in den Keller. Allein!«, rief Jochen und verschwand.

Fietze blickte Ben an und sagte: »Er geht tatsächlich in den Keller, um sich einen Haufen alberner Fahrräder an-zuschauen, die es nicht gibt.«

»Interessanter Fall«, sagte Ben.

Eine Weile schwiegen sie vor sich hin. Dann stand Jochen wieder in der Küche. Er wirkte verwirrt und empört.

»Im Keller befinden sich keine Fahrräder!«, rief er.

»Meine auch nicht?«, fragte Fietze besorgt.

»Doch. Deine Fahrräder sind da und mein Fahrrad und Bens Fahrrad. Aber all die anderen sind nicht mehr da.«

»Na, dann ist ja alles in Ordnung«, sagte Ben.

»Nichts ist in Ordnung. Wo habt ihr die Räder hinge-bracht?«

»Versteh doch. Es gab niemals Fahrräder.«

»Es gab niemals Fahrräder«, wiederholte Jochen mit unheilvollem Lächeln.

»Genau«, sagte Ben. »Vergiss die Sache einfach.«

»Vergessen …« Jochen stürzte zum Wasserhahn und goss sich ein Glas ein, dessen Inhalt er hastig trank. »Ich werde jetzt in mein Zimmer gehen und darüber nachdenken«, verkündete er und verschwand erneut.

Nach einer Weile sagte Ben: »Jetzt sitzt er bestimmt am Computer und sucht im Internet nach Fahrrädern. Was er, nebenbei, jeden Tag tut.«

»Weißt du, woran er mich erinnert?«, fragte Fietze.

»An Bernward«, sagte Ben. »Die Ähnlichkeit ist mir schon vor einiger Zeit aufgefallen.«

29

Behaglich auf einer Liege ausgestreckt, ruhte Professor Keller in seinem Garten. Soeben hatte er ein längeres Telefongespräch mit einem Kollegen geführt, als das Handy abermals klingelte.

»Keller.«

Aus dem Handy drang nur ein Atmen.

»Wer spricht da bitte?«

»Sie sind der Mann mit den Fahrrädern.« Das klang nicht wie eine Frage, sondern wie eine Feststellung.

»Wie heißen Sie?«

Die Männerstimme nannte einen Namen. Er klang wie Streibl oder Streimann.

»Worum geht es?«

»Mir sind Fahrräder gestohlen worden. Mehrmals«, sagte die Stimme. »Verstehen Sie mich?«

»Ja, ich verstehe Sie.«

»Ich würde niemand außer Ihnen anrufen. Ihnen kann man vertrauen.«

»Vielen Dank.«

»Das letzte Mal war das schlimmste. Mein Fahrrad … es ist fürchterlich behandelt worden. Ich sage Ihnen, das waren keine Menschen.«

»Na, so schlimm wird es nicht gewesen sein.«

»Haben Sie eine Ahnung! Sie sind doch selber ein Betroffener. Sie wollen Kontakt zu Gleichgesinnten.«

»Das ist mehr oder weniger richtig.«

»Der Staat hat versagt.«

»So pauschal würde ich das nie sagen.«

»Aber ich.«

Keller erhob sich von seiner Liege und begann, mit dem Handy im Garten herumzuwandern.

»Hören Sie, Herr … Ich habe nicht vor, der Polizei die Arbeit abzunehmen. Worum es mir geht, ist herauszufinden, ob mein Verdacht richtig ist, dass es sich nämlich bei bestimmten Fahrraddiebstählen um gezielte Aktionen gegen die Zivilgesellschaft handelt. Außerdem möchte ich eine Theorie überprüfen. Dabei geht es zunächst nur darum, möglichst viele Hinweise zu sammeln. Hinweise, die mir Bürger liefern, die einen ähnlichen Verdacht haben. Hören Sie?«

Die Stimme am anderen Ende der Leitung ließ zunächst nichts von sich hören. Dann sagte sie, und es klang wie ein langes Stöhnen: »Sie haben es zerlegt. In Einzelteile.«

»Wer hat wen zerlegt?«

»Sie haben mein Fahrrad zerlegt«, sagte die Stimme hohl. »Davon rede ich doch die ganze Zeit. Es war grauenvoll. Ich habe ein paar Teile gefunden, aber das meiste ist wohl verloren.«

»Das tut mir leid.«

»Ich will Ihr Mitleid nicht. Ich will die Täter.«

»Das möchte ich auch, Herr …«

»Wir haben die Signale nicht erkannt. Dabei hätten wir gewarnt sein müssen.«

»Die Signale?«

»Überall. Ich bin mir nicht sicher, ob wir überhaupt noch eine Chance haben. Oder ob es nicht schon längst zu spät ist.«

»Es ist nie zu spät«, sagte Keller, der gern aufgelegt hätte.

»Das beruhigt mich. Ich weiß, wenn sie Münster haben, ist alles zu spät. Stimmen Sie mir zu? Sie sind doch Professor. Wenn sie sogar Münster haben, ist alles zu spät.«

»Ich bin sicher, dass sie Münster niemals bekommen werden. Die Münsteraner werden sich zu wehren wissen.«

»Denken Sie dran. Sie kommen mit Fahrrädern. Über Norwegen.«

Keller wollte gerade fragen, wer denn über Norwegen komme, da merkte er, dass der Anrufer aufgelegt hatte.

»Mit wem hast du gesprochen, du bist ja ganz blass?«, fragte seine Frau, die in der Terrassentür stand.

»Ich weiß nicht«, sagte Keller. »Einer, der in meiner Gruppe mitmachen wollte. Vielleicht war der Mann auch nur verwirrt. Andererseits: Man muss die Menschen ernst nehmen. Findest du nicht, dass man sogar Menschen wie diesen Anrufer ernst nehmen muss?«

Wieder war Bernie verschwunden. Diesmal war Karl sicher, dass sein Mitbewohner nicht zurückkehren würde. Der hatte in der Küche einen Stein hinterlassen, unter dem ein Zettel lag, auf dem stand:

Lieber Karl! Bitte vergiss mich. Ich muss meinen Weg gehen. Statt meiner dieser Stein. Du musst ihn nur lange genug anstarren, dann wird er sich in einen Frosch verwandeln.

Karl nahm den Stein und betrachtete ihn eine Weile, dann legte er ihn auf den Küchentisch zurück. Statt meiner dieser Stein. So geht das nicht, dachte er. Seit er Bernie aufgenommen hatte, ging alles schief. Der Professor verweigerte die Rücknahme seiner Fahrradteile. Die Polizei wurde immer unfreundlicher. Irgendwann würden sie anfangen, ihn mit den Fahrraddiebstählen in Verbindung zu bringen. Wenn die Angst umging, traf es zuerst Leute wie ihn. Er musste mit Bernie reden und ihn wieder auf den rechten Weg führen. Er hatte eine wenn auch vage Ahnung, wo er ihn aufstöbern könnte. Es gab vor der Stadt einen Ort, der musste für Leute wie Bernie eine unwiderstehliche Anziehungskraft besitzen. Bernie hatte ihn schon mal danach gefragt, auf so eine harmlose Tour, aber Karl hatte ihm nichts verraten. Klar, irgendwann würde er rauskriegen, wo das war. Dort zu sein, würde für ihn Glück und Vernichtung zugleich bedeuten.

Zur gleichen Zeit entdeckte Moritz im hinteren Teil des Keller'schen Gartens einen Fahrradrahmen. Er hockte sich hin und betrachtete ihn. Offenbar war der Rahmen ein Bestandteil des gestohlenen Fahrrads seines Vaters. Denn wer außer ihm brachte es fertig, mit einem Holzrad durch die Stadt zu fahren?

»Ich gehe davon aus, dass es sich um eine Botschaft handelt«, sagte Keller, als er den Fahrradrahmen in Empfang nahm. »Marianne, komm bitte auf die Terrasse!«

Sie erschien in der Terrassentür. Irgendetwas hielt sie davon ab weiterzugehen.

»Jemand hat ein Stück meines Fahrrads in unseren Garten geworfen«, sagte Keller. »Moritz hat es gefunden.«

»Wollen wir die Polizei anrufen?«, fragte sie.

»Und was sagen wir denen? Hier geht es nicht um einen läppischen Fahrraddiebstahl. Offensichtlich will uns jemand ein Zeichen geben.«

»Ein Zeichen? Warum?«

»Weiß ich nicht. Wir brauchen es auch nicht zu wissen. Der Inhalt dieser Botschaft ist ihre Mehrdeutigkeit. Ich vermute, dass sie uns einschüchtern wollen.«

»Und wer sind sie?«

»Gute Frage. Moritz, hör mir jetzt bitte gut zu. Sie werden damit keinen Erfolg haben. Niemals. Was sie auch tun werden, wir werden nicht die Nerven verlieren.«

»Okay«, sagte Moritz.

»Hör bitte auf, den Jungen zu beunruhigen«, sagte Frau Keller.

»Ich bin überhaupt nicht beunruhigt«, sagte Moritz. »Vielleicht ist es eine letzte Warnung.«

»Das will ich nicht hoffen«, sagte Keller. »Es ist nur so … wir waren in der Vergangenheit allzu vertrauensselig. Das muss aufhören.«

Sie trat auf die Terrasse. Es war ihr, als würde sie sich dadurch mit einer Sache verbünden, die sie tief im Inneren ablehnte.

»Wir sollten nicht drumrumreden«, sagte sie. »Werden wir konkret. Welcher deiner Feinde könnte ein Interesse daran haben, dich fertigzumachen?«

»So kommen wir nicht weiter«, sagte Keller. Er legte den Fahrradrahmen, den er die ganze Zeit über in der Hand gehalten hatte, auf dem Boden ab. »Ich habe nämlich keine Feinde.«

»Und was ist mit Henningsen, dessen Berufung du verhindert hast?«

»Okay, Henningsen könnte ein Feind sein, obwohl ich mir nicht vorstellen kann, dass er Kriminelle damit beauftragt, mein Fahrrad zu stehlen und mir anschließend dessen Einzelteile in den Garten zu werfen.«

»Du hattest damals gesagt, dass du Henningsen für psychisch labil hältst.«

»Der Meinung bin ich nach wie vor. Allerdings ist psychisch labil etwas anderes als wahnsinnig.«

»Es muss jemand von hier sein«, sagte sie. »Da ist doch dieser Hausmeister, gegen den du einen Kleinkrieg führst. Oder es steckt ein Student dahinter, der sich ungerecht behandelt fühlt.«

»Kein Student. Meine Studenten mögen mich. Nein, ich vermute, dass es sich um Personen handelt, die bis jetzt niemand auf dem Radar hatte. Wir nicht und schon gar nicht die Polizei.«

»Was können wir tun?«

»Wir werden uns der Sache rational nähern. Nächste Woche ist die erste Gruppensitzung. Die Stadt ist voll mit Menschen, die eine ähnliche Erfahrung gemacht haben wie ich. Also bitte keine Schuldzuweisungen, bis alle Mosaiksteine beisammen sind und sich das ganz große Bild ergibt. Ich bin davon überzeugt, dass es überraschend groß sein wird, und es wird sich über die Grenzen dieser Stadt hinaus erstrecken.«

32

Jana Schwienhorst hatte ein Date mit dem langweiligsten Studenten Münsters. Sie wusste nicht, was sie dazu getrieben hatte, allerdings gefiel es ihr mitunter, sich selbst nicht zu verstehen. Der Club, in dem das Treffen stattfinden sollte, war an diesem Abend nur mäßig besucht. Sie setzte sich an einen Zweiertisch am Rande der Tanzfläche. Dort dachte sie daran, dass sie sich vorgenommen hatte, den ganzen Abend lang schlechte Laune zu haben. Die Musik, die gespielt wurde, hasste sie. Geschah ihr recht, als Ausgleich für den misslungenen Abend würde sie sich ihr Date mit Hilfe distanzfördernder Bemerkungen vom Leibe halten. Vielleicht war er intelligenter als erwartet und kam nicht. Ihr Blick blieb an einem großgewachsenen Jüngling mit blonden Rastalocken hängen, der sich auf der Tanzfläche abmühte.

Dann erschien Jochen. Er sah sich fortwährend um, wie jemand, hinter dem ein Verfolger her war. Schließlich nahm er an ihrem Tisch Platz. Sie spürte seine Nervosität.

»Hallo, Jochen«, sagte sie. »Geht es dir gut?«

»Mir geht es wunderbar«, sagte Jochen. »Ich habe bei deinem Vater gekündigt.«

»Ich weiß«, sagte sie. »Was trinkst du?«

Die Bestellung der Getränke verschaffte ihr ein wenig Zeit, um die Fortsetzung des Dialogs innerlich vorzubereiten.

»Ich beneide dich«, sagte sie.

»Warum?«

»Ab sofort kannst du ein Leben ohne Fahrräder führen. Du brauchtest nur zu kündigen. Das konnte ich nicht. Ein Kind kann seinen Eltern nicht kündigen. Also bin ich dazu verdammt, meine Zeit mit Fahrrädern zu verbringen. Vielleicht bin ich deshalb ein wenig seltsam geworden.«

»Fahrräder interessieren mich nicht mehr«, sagte Jochen. »Ich muss mich auf mein Studium konzentrieren.«

»Wann machst du Examen?«

»Bald.«

»Stört es dich, wenn ich über Fahrräder spreche?«

»Warum sollte es mich stören?« Lächelnd starrte er auf die Tanzfläche. Sie entschied, dass seine gute Laune lediglich aufgesetzt wäre und mit einfachen Methoden sabotiert werden könnte.

»Wollen wir tanzen?«, fragte er.

»Später. Vielleicht.«

Er trank sein Glas in einem Zug aus. »Ziemlich leer hier«, sagte er.«

»Ich finde, dass es ziemlich voll ist«, sagte sie. »Zu voll für meinen Geschmack. Sind dir die Plakate an den Wänden aufgefallen?«

»Warum?«

»Das ist Jugendstil, oder?«

»Ich weiß genau, warum du mich auf die Plakate aufmerksam machst.«

»Warum?«

»Weil auf allen Plakaten Fahrräder abgebildet sind!«

»Nicht auf allen.«

»La bicyclette verte«, las er.

»Absinthwerbung.«

»Ich muss mich bewegen.« Er stand auf und lief zur Tanzfläche, wo er sich demonstrativ engagierte, während ihre Blicke auf dem Jungen mit den Rastalocken ruhte. Zwischendurch bestellte sie eine Cola und spielte mit einem Bierdeckel.

»Wenn du von einem preiswerten Zimmer hörst, gib mir bitte Bescheid«, sagte Jochen, nachdem er zurückgekommen war.

»Willst du ausziehen?«

»Ich muss. Ich habe Erkenntnisse, dass mich meine Mitbewohner fertigmachen wollen.«

»Was haben sie gegen dich?«

»Ich habe sie durchschaut. Das können sie nicht ertragen.«

Sie lehnte sich zurück und sah ihn eine Weile nachdenklich an. Dann sagte sie: »Weißt du, ein wenig merkwürdig bist du schon.«

»Vielleicht bilde ich mir alles nur ein«, sagte er. »Aber dieses ständige Reden über Fahrräder könntest du auch nicht ertragen.«

»Jetzt bist du es, der mit Fahrrädern anfängt.«

»Na und? Warum auch nicht?«, stieß er hervor. »Fahrräder sind das Selbstverständlichste auf der Welt. Das ist jedenfalls die allgemeine Auffassung. Sie sind überall. Was niemanden zu stören scheint.« Unvermittelt wechselte er das Gesprächsthema. »Kennst du den Besitzer dieses Lokals?«

»Nein. Warum? Ich glaube, der Besitzer ist neu.«

»Ich meine nur …« Er blickte sich um. »Das ganze Arrangement hier … alles ist so perfekt. Alles passt. Sogar dieser Bierdeckel.«

Sie verbarg den Bierdeckel unter ihrer Hand.

»Du weißt natürlich, was auf diesem Bierdeckel abgebildet ist.«

Sie zog die Hand weg.

»Du wirst jetzt bestimmt sagen, alles sei reiner Zufall!«, sagte er.

»Die ganze Welt ist Zufall«, sagte sie, da ihr nichts anderes einfiel.

»Und wenn du dir gleich ein Radler bestellst – wäre das auch Zufall?«

»Sowas steht nicht auf der Karte.«

»Aber wenn es auf der Karte stünde – dann würdest du es bestellen!«, drängte er.

»Hör mal, Jochen, ich bin nicht hergekommen, um dich zu provozieren. Ich wollte nur einen netten Abend verbringen.«

»Ich weiß. Ich mache dir keine Vorwürfe. Du bist auch nur ein Rädchen im Getriebe.«

»Mann, bist du langweilig!« Sie verdrehte die Augen. »Die Welt ist komisch.«

»Ja, sehr komisch.« Er blickte finster vor sich hin.

Sie überlegte, wie sie den Abend rasch beenden konnte. Vielleicht wäre es das Beste, wenn sie sich opfern und eine Runde mit ihm tanzen würde. Der Rest würde sich irgendwie ergeben.

Ein Ruck durchfuhr ihn. »Warum hast du das gesagt?«

»Warum habe ich was gesagt?«

»Du hast gerade gesagt *Wollen wir ein Runde tanzen, Bernward?* Warum nennst du mich Bernward?«

»Ich wüsste nicht, dass ich diesen Namen ausgesprochen hätte.«

»Ich habe Ohren. Du hast mich Bernward genannt.«

»Blödsinn.«

»Das habt ihr gut geplant«, sagte er wie zu sich selbst. »Saubere Arbeit.«

»Wen meinst du?«

»Bernward.« Er blickte sich um. »Ist er hier im Saal?«

»Hör mal, Bernward war ein Praktikant, der im Geschäft meines Vaters gearbeitet hat. Irgendwann hat er sich in Luft aufgelöst.«

»Er war dein Liebhaber. Du stehst immer noch unter seinem Einfluss.«

»Mit Bernward?« Sie lachte gequält. »Der war doch nicht ganz richtig im Kopf mit seinem Fahrradtick.«

»Interessant. Du nennst es also Fahrradtick.«

»Das ist noch milde ausgedrückt.«

Er beugte sich vor und sah sie ernst an, wie jemand, der eine Wahrheit zu verkünden hat. Dann sagte er leise: »Ich glaube, dass Bernward von ein paar Dingen wusste, die in dieser Stadt vorgehen. Grins nicht. Er hat Fahrräder gestohlen. Nein, er hat sie aus dem Verkehr gezogen. Bei uns im Keller war sein Lager. Ich weiß, es gibt noch mehr davon in der Stadt. Jetzt ist das Lager leer. Selbstverständlich will niemand was gewusst haben. Alle reden nur in Andeutungen. Du auch.«

Er lehnte sich zurück, als wollte er die Wirkung seiner Worte überprüfen. Sie starrte schweigend auf die Tanzfläche.

Dann, als könnte er die Situation nicht mehr ertragen, sprang er auf und rief: »Denk über meine Worte nach!«

»Wo willst du hin?

»Ich werde ganz ruhig nach Hause gehen und weiter im Internet suchen. Ich bin nahe dran. Ich habe eine Nachricht bekommen.«

»Von wem?«

»Von Bernward natürlich.«

Er machte eine unbeholfene Geste und drängte sich durch den voll gewordenen Raum in Richtung Ausgang.

Sie sah ihm nach, noch als er längst verschwunden war.

33

Das erste Treffen fand in Kellers Büro im Universitätsgebäude statt. Als Jochen eintraf – verspätet aufgrund eines Plattfußes –, war kein Sitzplatz mehr frei. Keller sah ihn irritiert an, stand auf, verließ das Büro und kehrte mit einem Stuhl zurück. Ein Dutzend Personen füllte das Zimmer. Insbesondere fiel Jochen ein Zwillingspärchen auf, zwei Männer mittleren Alters, die auf einem ausgeblichenen Sofa hockten. Über ihnen hing ein Plakat, das einen semiologischen Kongress anzeigte. Auch Schwienhorst war gekommen. Der nickte Jochen so freundlich zu, dass dieser sich am liebsten davongemacht hätte.

Offenbar war eine engagierte Diskussion im Gang. Etwas wie Streit hing in der Luft. Jochen zog ein Blatt aus der Tasche, auf dem er sich die Namen der Teilnehmer ausgedruckt hatte. Die Zwillinge waren Jens und Peter Bärlage aus den Baumbergen.

Eine ältere Frau schilderte mit weinerlicher Stimme den Diebstahl ihres Fahrrads. Sie habe den Dieb zwar nicht erwischen, aber mit ihrem Handy fotografieren können. Das Handy wanderte von Hand zu Hand. Auf dem Display erkannte Jochen einen belebten Platz in der Innenstadt und viele Fahrräder.

»Der mit dem Bart ist es«, sagte die Frau. Jochen konnte auf dem Foto keinen Bärtigen entdecken. Er reichte ihr das Gerät zurück.

»So kommen wir nicht weiter«, sagte eine Stimme. Sie gehörte einer zierlichen Frau in den Dreißigern mit kurzen schwarzen Haaren, die mit Rock und Bluse wie eine Managerin wirkte. Kalte Augen, dachte Jochen.

»Wir dürfen uns nicht in Details verlieren. Was sind unsere Ziele? Wir müssen alles so formulieren, dass die Bürger sie verstehen.«

Allgemeine Zustimmung. Zweifellos war die Frau, die Jochen als Irene Klamm identifizierte, eine Führungspersönlichkeit. Die Fahrraddiebstähle, führte sie aus, seien lediglich ein Symptom für einen tiefgehenden Wandel in der Gesellschaft. Dagegen müsse man sich stemmen. Auf die traditionelle Politik sei kein Verlass. Von den Bürgern selbst müsse der Widerstand ausgehen.

»Was wissen wir eigentlich?« Es war Professor Keller, der diese grundsätzliche Frage in den Raum stellte.

»Mehr als genug«, sagte jemand. »Sie klauen alles. Sobald man wegsieht, ist alles weg. Und die Polizei steht daneben und labert von Mundraub. Der Erzeugermarkt ist nicht mehr, was er früher mal war.«

Der das sagte, hieß Türgüt.

»Das klingt mir zu vage«, sagte Professor Keller. »Fühlen Sie sich bedroht?«

»Jederzeit«, sagte Türgüt. »Sie können jederzeit kommen, und dann setzt es was!«

Jochen beobachtete die Zwillinge. Die leisteten keinen Redebeitrag, sondern griffen abwechselnd nach dem japanischen Knabbergebäck auf dem Tisch vor ihnen. Zuerst der Linke, dann der Rechte, dann wieder der Linke, es konnte einem ganz schwindlig werden vom Zusehen.

Abermals ergriff Irene Klamm das Wort. »Wir haben eine lange Liste von Problemen. Vor allem Kriminalität. Fahrraddiebstähle. Belästigungen. Wohnungseinbrüche. Bekanntlich ist die Aufklärungsquote minimal, ja irrelevant.«

»Ausländische Banden«, sagte jemand in sachlichem Ton. Es war die erste Wortmeldung des Fahrradhändlers. Er beugte sich vor, um auch ein Stück Knabbergebäck zu erwischen, aber es war nicht leicht, zwischen die beweglichen Arme der ungeheuer routiniert wirkenden Bärlage-Brüder hindurchzukommen. »Sie nehmen so viele Fahrräder wie möglich mit – und irgendwann kommen die über China zurück und verderben hier die Preise«, keuchte er.

»Steile These, Herr Schwienhorst«, sagte Keller.

»Genau«, brummte der Fahrradhändler.

»Das mag für viele Fahrräder stimmen«, kam es von hinten. »Ich finde aber, dass was dran ist an dem, was Herr Professor Keller vermutet. Dass sie versuchen, die Bevölkerung mit dezentral gesteuerter Alltagskriminalität zu verunsichern.«

»Dagegen kann man nichts machen.«

»Doch«, ging Irene Klamm dazwischen. »Indem sich die Bürger genau das nicht mehr gefallen lassen!«

Ein weißhaariger Herr mit Fliege sagte von hinten: »Eigentlich geht es um die Kopfnoten.«

Die Leute drehten sich in Richtung des Sprechers.

»Jawohl, die Kopfnoten. Sauberkeit, Betragen und so weiter. Die innere Einstellung. Die fehlt nämlich.«

»Was meinen Sie?«

»Jeder Bürger sollte mit Kopfnoten bewertet und die dann ins Internet gestellt werden«, erklärte der Mann.

»Glauben Sie im Ernst, dass Sie Terrorismus durch die Einführung von Kopfnoten abschaffen können, Sie Schaf?«, fragte eine korpulente Frau mit feinem Lächeln.

Irgendwann steht immer ein älterer Herr in der letzten Reihe auf und meldet sich, dachte Jochen. Er kannte das von der Uni. Diese Zeitgenossen hielten selbst dann noch ihre Privatvorträge, wenn die anderen längst den Hörsaal verlassen hatten. Peinlich. Und jetzt hatte es einer von denen in dieses Zimmer geschafft.

»Kommen wir zum Thema zurück«, mahnte Keller.

Auf einmal redeten alle von Graffitischmierereien. Davon, dass man sich auch diesem Problem widmen müsse.

Keller stand auf und ging zu einem Flipchart hinter seinem Schreibtisch. Mit einem roten Stift schrieb er das Wort *Regeln* auf das Papier. »Es geht nicht um neue Gesetze«, sagte er, »sondern um Regeln. Wenn ich die bisherigen Beiträge richtig verstehe, wollen wir nicht mehr und nicht weniger, als dass Regeln eingehalten werden.«

»Es geht darum, dass man in diesem Land sagen darf, was man will«, rief jemand.

»Aber das können Sie doch!«, rief ein anderer.

»Kann ich eben nicht. Ich will das Recht haben zu sagen, dass mir bestimmte Leute nicht passen!«

»Aber genau das sagen Sie doch gerade!«

»Kommen wir zum Thema zurück«, mahnte Keller, der sich wieder gesetzt hatte. »Was wird unser Ziel sein?«

Schwienhorst meldete sich. »Ich gebe zu, in meiner Jugend habe ich auch mal eins geklaut. Mein Vater hat mir eine reingehauen, dass ich in die Zimmerecke geflogen bin. Danach habe ich das nicht mehr gemacht.«

Frau Klamm sagte: »Wenn ich Professor Keller richtig verstehe, geht es nicht um beliebige Eigentumsdelikte. Damit wird die Polizei schon fertig. Mehr oder weniger. Es geht um kulturelle Unvereinbarkeit. Darum, dass sie die Naivität der Bürger ausnutzen. Dieses Land hat lange keinen Krieg mehr gehabt. Zum Glück. Doch der größte Teil der Welt sieht anders aus. Ich sage es nicht gern, aber manche Leute betrachten unser Land in erster Linie als Beute.«

Diese Äußerung schien genau das zu treffen, was die meisten Anwesenden dachten, aber nicht so gut ausdrücken konnten.

»Wissen Sie denn, wer sie sind?«

»Darum geht es doch«, sagte jemand ärgerlich. »Wir wissen es gerade nicht.«

»Auf keinen Fall sollen Unschuldige beschuldigt werden.«

»Das will hier niemand. Oder? Wenn Sie das wollen, verlasse ich sofort diesen Raum!«

»Wer immer sie sind – sie müssen die Regeln einhalten. Wie es auf dem Flipchart steht. Genau das geschieht aber immer weniger.«

»Die entscheidende Frage lautet doch: Wer sind sie überhaupt?«

»Ich denke nicht, dass das die entscheidende Frage ist. Mir ist gleich, wer sie sind. Wichtig ist, dass sie gestoppt werden.«

Nach einer Stunde Diskussion war Jochen immer noch nicht klar, worum es eigentlich ging. Er hörte alles wie durch einen Filter, der Worte wie Fahrraddiebe, Bürgerbewusstsein und Staatsversagen passieren ließ, jedoch nicht den Zusammenhang zwischen diesen Worten. Alles, was sie sagten, hatte er irgendwann schon einmal gehört, doch in diesem Besprechungszimmer machte es keinen Sinn. Gewiss, es ging um Fahrräder, doch auch um mehr. Und was war dieses Mehr? Bestimmt war es seine eigene Schuld, dass er nichts verstand.

»Wir dürfen uns unsere Werte nicht zerstören lassen«, sagte eine Stimme an seinem rechten Ohr und eine Stimme an seinem linken Ohr fragte: »Wollen Sie die Apokalypse an die Wand malen?«

Merkwürdig fand Jochen, dass sich Professor Keller, der eigentliche Initiator des Treffens, auffällig zurückhielt, während Irene Klamm diejenige war, die das Heft in der Hand hielt.

Unversehens änderte sich die Atmosphäre. Jetzt sollten alle angeben, ob sie sich unsicherer fühlten als früher. Das war bei den meisten der Fall.

Nach einer Weile breitete sich eine Abschlussstimmung aus. Das Knabbergebäck war verschwunden. Die Brüder Bärlage, die die ganze Zeit über nichts gesagt hatten, saßen lächelnd, stumm und mit verschränkten Armen auf dem Sofa, als hätten sie beschlossen, nun erst recht nichts zu sagen.

Offenbar hatte man sich auf etwas geeinigt. Ein Bürgerbegehren oder eine Bürgerwehr, Jochen hatte die Zusammenhänge nicht richtig mitbekommen. Ihm war, als hätte man die ganze Zeit um das Wichtigste nur herumgeredet. Das musste er den anderen klarmachen.

Er meldete sich. »Warum verstehen Sie nicht, wer die Fahrräder gestohlen hat?«

»Was meinen Sie?«, fragte Keller.

Auf einmal war Jochen alles klar. »Die meisten hat Bernward gestohlen«, sagte er mit Emphase. »Ein ehemaliger Student, ganz versessen auf Fahrräder. Er hat psychische Probleme, deshalb klaut er immerzu Fahrräder und versteckt sie. Warum diskutieren wir nicht darüber?«

»Fängt jetzt alles wieder von vorn an?«, fragte Türgüt.

»Leider verstehe ich Sie nicht«, sagte Keller mit einem nachdenklichen Blick in Richtung Jochen.

Jochen schwieg. Er wusste nichts mehr zu sagen. Die Klarheit war verschwunden. Das Verständnis auch.

Keller stand wieder auf und sagte: »Ich werde Ihnen das Protokoll per E-Mail zusenden sowie eine paar Terminvorschläge. Frau Klamm hat sich freundlicherweise zur Verfügung gestellt, die Modalitäten für eine Bürgerinitiative zu prüfen. Herr Schwienhorst wird einen Termin für seine Präsentation innovativer Fahrradsicherungssysteme anbieten. Ich selbst werde eruieren, ob es stimmt, dass Münster erstmals seit fünf Jahren nicht mehr die Hochburg der Fahrraddiebstähle in Deutschland ist, sondern seine Position an Magdeburg und Cottbus abgeben musste. Ich werde versuchen, die Gründe dafür zu ermitteln. Nochmals herzlichen Dank für Ihr Engagement, und kommen Sie alle gut und vor allem sicher nach Hause!«

34

Sie hatten ihn zu einer sogenannten Aussprache gebeten, aber er wusste genau, dass sie in Wirklichkeit Gericht über ihn halten wollten. Er fühlte sich entspannt, denn er war vorbereitet. Seine Richter erwarteten ihn in der Küche. Ben schob ihm einen Stuhl hin. Der Platz des Angeklagten.

Jochen setzte sich.

»Ich nehme an, du weißt, warum wir beschlossen haben, mit dir zu reden«, sagte Ben.

Jochen starrte ihn finster an.

Fietze übernahm. »Du hast alle Fahrräder, die im Keller standen, irgendwo hingebracht. Insgesamt sieben Räder.«

»Was du mit deinen Fahrrädern machst, ist uns gleich«, sagte Ben. Nach einem Seitenblick auf Fietze fuhr er fort: »Wir halten dich nicht für einen Fahrraddieb. Nicht im juristischen Sinn. Wir sind jedoch … übereingekommen … dass du Probleme hast.«

»Stimmt«, bestätigte Fietze. »Aber keine Angst. Im Prinzip stehen wir auf deiner Seite.«

Jochen quälte sich ein Lächeln ab.

»Du kannst sie nicht mehr ertragen. Die Fahrräder, meine ich. Ist es das?«, fragte Fietze.

Jochen schwieg.

»Wir machen uns Sorgen um dich«, sagte Ben.

»Wir wollen dir helfen«, sagte Fietze.

Jochen sagte nichts.

Ben wandte sich an Fietze. »Er redet nicht.«

»Vielleicht denkt er nach?«

»Glaub ich nicht.«

Da brach es aus Jochen heraus. »Sprecht nicht von mir in der dritten Person. Wollt ihr mich verrückt machen?«

»Er will nicht, dass wir von ihm in der dritten Person sprechen«, sagte Fietze nachdenklich. »Das verstehe ich nicht. Er ist doch die dritte Person.«

»Diesmal lasse ich euch nichts durchgehen!«, rief Jochen. »Ich habe euch durchschaut. Seit ich hier bin, geht das so. Immer das gleiche Gerede. Immer gebraucht ihr gewisse Worte ...«

»Welches Wort meinst du speziell?«, erkundigte sich Ben.

»Das weißt du genau«, sagte Jochen. »Ich möchte wissen, was dahinter steckt, wenn ihr unentwegt von Fahrrädern redet. Was bedeutet *Fahrrad*? Keine Ausflüchte jetzt!«

Fietze erhob sich, öffnete die Kühlschranktüre, angelte sich eine Cola und bearbeitete sie mit einem an seiner Jeans baumelnden zangenartigen Gegenstand. »Was soll *Fahrrad* schon bedeuten«, murmelte er. »*Fahrrad* bedeutet *Fahrrad*.«

»Ein Fahrrad ist ein Fahrrad«, echote Jochen sarkastisch. »Ja, ja. Aber das T-Shirt hast du rein zufällig an.«

Fietze, die offene Flasche in der Hand, sah auf seine Brust. »Was soll mit dem T-Shirt sein?«

»Ich spreche von diesem Symbol«, rief Jochen schrill, wobei er auf Fietzes Brust deutete.

»Das ist ein Hochrad«, erklärte Fietze. In seiner Stimme lag ein seltsamer Unterton, der dieses oder jenes bedeuten konnte.

»Und? Was willst du damit sagen?«

»Wieso sagen? Nichts will ich damit sagen.«

»So leicht kommst du mir nicht davon! Du willst doch etwas demonstrieren mit deinem T-Shirt? Warum hast du heute ausgerechnet dieses T-Shirt angezogen?«

Fietze zuckte mit den Schultern. »Es lag oben auf dem Stapel.«

»Das glaube ich nicht!«

»Dann lass es.« Fietze setzte sich, stellte die Flasche auf dem Tisch ab und verschränkte die Arme.

Auf einmal hatte Jochen einen Zettel in der Hand. Er las vor: »Erstens. Du hast einen Fahrradkatalog auf mein Bett gelegt.«

»Ist das ein Verbrechen?«, murmelte Fietze.

»Zweitens. Ich habe Fahrradwerkzeug auf meinem Schreibtisch gefunden.«

»Ich habe gedacht, das könntest du irgendwann gebrauchen. Ich wollte nur nett sein.«

»Ruhe! Alles fing damit an, dass ihr mich so manipuliert habt, dass ich bereit war, bei Schwienhorst zu arbeiten. Wie ihr es zuvor mit Bernward gemacht habt.«

»Das war das letzte Mal, dass ich jemandem einen Gefallen getan habe«, sagte Ben.

»Ich könnte mir gut vorstellen, dass Schwienhorst hinter allem steckt«, sagte Jochen. »Dass ihr immer noch für ihn arbeitet.«

Mit zitternder Hand legte er den Zettel auf den Küchentisch und starrte auf einen imaginären Punkt der Luft, als ahnte er, dass genau in diesem Moment jemand sie beobachtete: ein Wesen, das im Hintergrund die Fäden zog und unhörbar lachte.

Jetzt bückte sich Fietze und zog, wie als finale Tat, die miauende Katze unter dem Tisch hervor.

»Wirf die Katze raus!«, rief Jochen.

»Die Katze bleibt«, sagte Fietze. Das Tier saß auf seinem Schoß, er hielt es mit beiden Händen.

Jochen begriff, dass er verloren hatte. Die beiden verfolgten ihren Plan und ließen sich durch nichts abhalten. Wie um ihn endgültig zu vernichten, redeten sie jetzt nur noch untereinander.

»Es ist vielleicht doch sinnvoll, wenn du die Katze nach draußen bringst, solange wir mit Jochen reden«, sagte Ben.

»Die Katze bleibt«, wiederholte Fietze.

»Du musst wissen, was du tust. Ich jedenfalls will meine Fahrräder zurückhaben.«

»Das verstehe ich, Ben. Ich möchte meine auch wiederhaben.«

»Könntest du auf sie verzichten? Für eine gewisse Zeit?«

»Wie meinst du das?«

»Du siehst doch, wie Jochen von all dem mitgenommen wird. Wenn wir für ein paar Wochen auf unsere Räder verzichten würden ... vielleicht würde sich dann alles wieder einrenken.«

»Schwachsinn.«

»Vielleicht gibt es in dieser Stadt tatsächlich zu viele Fahrräder, was meinst du?«

»Unsinn.« Fietze setzte die Katze auf dem Boden ab. Sie machte sich davon.

»Unsinn«, wiederholte Fietze. »Münster ist eine Fa...«, worauf sich Jochen, bis zu diesem Moment vollständig reglos, mit einem Ächzen, einem unheimlichen Laut, auf Fietze stürzte, ihn am Hals packte, so dass dessen Stuhl nach hinten kippte und beide auf dem Küchenboden landeten, aber nicht lange, denn sofort hatte Ben den Angreifer im Schwitzkasten, und irgendwie gelang es ihm und Fietze, ihren Mitbewohner, der mit den Füßen stieß und schrie, aus der Küche zu zerren, hinaus in den Flur und dann in sein Zimmer, wo sie ihn aufs Bett warfen. Sie zogen die Tür von außen zu. Jochen blieb in seinem Zimmer, die auf dem Flur Stehenden hörten lediglich ein Schluchzen, oder sie meinten es zu hören.

Sie gingen in die Küche zurück und nahmen Platz. Fietze genehmigte sich einen Schluck Cola.

Schweigen.

Schließlich sagte Ben: »Der ist noch schlimmer als Bernward.«

»Noch besser, wolltest du sagen.«

»Irgendwie hast du Recht. Er ist besser, weil er real ist.«

»Mehr oder weniger.«

»Ich sage nur: Jeden Tag steht einer auf, den man fangen kann.«

35

Nur wenige Tage nach ihrer Konstitution hatte sich die Zusammensetzung der Gruppe deutlich verändert. Der harte Kern bestand jetzt aus einem Dutzend Personen. Zusätzlich gab es viele Sympathisanten in den sozialen Netzwerken. Das Auffälligste war, dass Professor Keller nicht mehr dabei war. Die Neuen wussten nicht mal, wer Keller überhaupt war. Man klärte sie auf: ein Professor von der Uni. Ursprünglich sei alles von ihm ausgegangen, doch habe er, und eben das spreche gegen ihn, ein rein akademisches Interesse an den Fahrraddieben gehabt. Doch was nütze ein akademisches Interesse, wenn man vor allem die Ärmel aufkrempeln und die Kriminellen bekämpfen müsse?

Man traf sich in einer Kneipe im Kreuzviertel. Einziger Tagesordnungspunkt: das weitere Vorgehen. Denn ein weiteres Vorgehen musste es geben – wenn es kein weiteres Vorgehen gebe, nehme einen niemand ernst.

»Aber keine Gewalt«, sagte zu Sitzungsbeginn die korpulente Frau.

»Keineswegs«, antwortete Türgüt.

Was man so oder so auslegen konnte.

Jemand beschwerte sich, dass es *draußen* immer schlimmer würde, im Internet habe er gelesen, dass kürzlich einer Fünfjährigen das Kinderrad gestohlen worden sei. Am helllichten Tage. Und das bedeute: Die andere Seite schrecke vor nichts mehr zurück.

Irgendwann unterbrach einer der Bärlage-Brüder die Diskussion und erklärte im sachlichen Tonfall eines Wissenschaftlers: »Wenn ich so einen erwische, dann ziehe ich ihm die Haut ab und mach mir aus der Haut …«

Sein Bruder machte eine bestätigende Geste. »… einen Bettvorleger.«

»Sie gehen ganz schön ran, meine Herren!«, sagte Schwienhorst.

Überhaupt waren die Bärlage-Brüder auf einmal gesprächig geworden, vielleicht weil Frau Klamm nicht mehr dabei war. Die war drauf und dran gewesen, eine Art Parteiprogramm auszuarbeiten. Das war den meisten zu viel. So etwas bräuchten sie nicht. Jetzt hätten die Praktiker das Sagen.

»Frau Klamm ist eine erfahrene Gremienfrau«, sagte der Mann mit der Fliege. »Die hätte uns alle untergebuttert.«

Die Bärlage-Brüder ließen durchblicken, dass sie früher für einen privaten Wachdienst gearbeitet hätten. Also seien sie qualifiziert. Doch wofür? Das Problem sei, dass Fahrräder als Diebesgut nicht ernst genommen würden, doch ein Blick auf einschlägige Statistiken könne einen wütend machen. Die Bärlage-Brüder waren gern wütend. Der mit der Fliege kam wieder auf die Kopfnoten zu sprechen, wurde aber gestoppt. Das Thema war zu theorielastig. Sie brauchten keinen Nachfolger für den Professor.

»Smoking Gun«, sagte einer. »Was ich damit meine: Man muss sie auf frischer Tat ertappen. Fahrrad wegnehmen. Foto machen.«

»Personalausweis abnehmen«, ergänzte ein anderer.

»Wenn die überhaupt einen dabei haben. Die gehen doch nicht mit ihren Ausweisen auf Fahrradklau.«

»Und wenn sie bewaffnet sind?«

»Pfefferspray.«

»Gegen Klappmesser? Da mach ich nicht mit.«

»Wir werden nur in Gruppen unterwegs sein. Permanenter Handykontakt. Die endgültige Überwältigung des Gegners überlassen wir der Polizei. Wir sollten uns im rechtlichen Rahmen bewegen.«

Das Argument leuchtete ein. Doch wie die Jungs erwischen?

»Die sind alle vernetzt, da dürfen wir uns nichts vormachen.«

»Dann müssen wir eben noch vernetzter sein!«

Die Korpulente meldete sich. »Aber keine Gewalt«, sagte sie.

»Dann bleiben Sie besser zu Hause, gute Frau!«

Schwienhorst sagte: »Man muss den Gegner kennen. Es läuft so: Die Täter fahren mit Transportern umher und laden nicht angeschlossene Fahrräder ein. Sind sie weg, haben wir schlechte Karten. Die gestohlenen Räder werden auf Flohmärkten, im Internet und im Ausland verkauft.«

»Kann mir schon denken, in welchem«, sagte Türgüt.

Schwienhorst ließ sich nicht aus dem Konzept bringen. »Aufklärungsquote: zehn Prozent. Höchstens. Mein Vorschlag: Wir legen in den besonders betroffenen Stadtteilen eine gewisse Anzahl von Köderfahrrädern aus. Ich werde Ihnen sagen wo.«

»Genial. Mann, stimmt, Sie sind doch Fahrradhändler, das habe ich glatt vergessen.«

»Die Köderfahrräder sind mit einem Bluetoothsender gesichert«, fuhr Schwienhorst fort. »Kommuniziert GPS-mäßig. Messeneuheit.«

»Wahnsinn.«

»Wir verteilen uns und warten in Kleingruppen, bis einer anbeißt.«

»Und dann schlagen wir zu!«

»Sobald sich einer am Fahrrad zu schaffen macht, kriegen alle eine Message aufs Handy.«

»Dann kreisen wir sie mit unseren Autos ein.«

»Aber keine Gewalt.«

»Wir ziehen ihnen die Haut ab.«

»Ich hoffe, Sie meinen das sinnbildlich.«

»Sinnbildlich? Was ist das?«

»Ich wollte damit nur ausdrücken, dass unsere Diskussion das Ergiebigste ist, was ich seit Monaten, nein, seit Jahren hinsichtlich dieses Themas erlebt habe.«

36

In der Stadt waren zwanzig Köderräder verteilt worden. Fünf waren mit einfachen Schlössern gesichert, die anderen gar nicht. Alle Stellplätze waren einsehbar und leicht erreichbar. Die Gruppenmitglieder warteten in parkenden Autos oder in nahe gelegenen Kneipen oder Cafés.

Den Vormittag über geschah nichts. Der erste Alarm war ein Fehlalarm, ausgelöst von einem in der Nähe des Hauptbahnhofs abgestellten Damenrad. Kurz darauf meldete sich ein Mountainbike, das im Geistviertel stand. Das für diesen Standort verantwortliche Kontrollteam setzte sich zusammen aus Schwienhorst und dem Mann mit der Fliege, die in großer Eile aus einem Café stürzten. Als sie mit dem Auto am Tatort eintrafen, war das Fahrrad verschwunden. Der Peilsender verriet, dass es sich bereits durch die Aaseestadt bewegte. War es nach Norden Richtung Innenstadt unterwegs oder wollte es den See überqueren? Nach kurzer Absprache wurde vereinbart, dass ein weiterer Wagen, unter dem Kommando des Gemüsehändlers, von Norden aus zu ihnen stoßen solle mit dem Ziel, dem Fahrrad in Höhe Scharnhorststraße den Weg abzuschneiden. Tatsächlich entdeckten sie dort das flüchtende Fortbewegungsmittel. Immerhin hatte sich der Technikeinsatz bewährt. Kurz darauf kamen mehrere Ereignisse zusammen, die einen hektischen Handyverkehr hervorriefen.

»Da vorn ist er! Wo bleibt ihr?«

»Noch zwei Minuten, dann haben wir ihn.«

»Wir müssen ihn kriegen, bevor er am Aasee ist, dort können wir nämlich mit den Autos nicht hin.«

»Sorry, wir können nicht mehr mitmachen. Die Polizei hat uns angehalten.«

»Verdammt. Er ist uns entwischt.«

»Es ist ein weiteres Rad geklaut worden.«

»An der Münzstraße? Da müssen die Bärlage-Brüder hin, die sind am nächsten dran.«

»Kein Problem, wir kriegen den Kerl.«

»Ich glaube, es ist eine Frau.«

»Das Rad an der Kanalstraße ist geklaut worden und bewegt sich Richtung Finanzamt.«

»Es kann doch nicht sein, dass alle Räder zur gleichen Zeit geklaut werden. Die müssen uns gehackt haben.«

»Wir sind wieder dabei, die Polizei hat uns ein Strafmandat verpasst und wieder laufen lassen.«

»Nach meiner Ortung fährt das Rad zurzeit auf dem Aasee.«

»Starte am besten die Software neu!«

»Hört ihr? Wir haben den Dieb aus der Münzstraße. Es ist übrigens doch ein Kerl. Mein Bruder hat ihn im Schwitzkasten. Was sollen wir jetzt machen?«

»Wir sind auf dem Weg zu Ihnen. Halten Sie ihn solange im Schwitzkasten, aber tun Sie ihm nicht weh.«

»Ich habe auch einen. Hört ihr mich? Er nimmt eine drohende Haltung ein. Ich benötige Verstärkung.«

Am Abend mussten sie einsehen, dass sie keinen einzigen Fahrraddieb gefangen hatten. Einerseits gab es offenbar zu viele Fahrraddiebe in der Stadt. Andererseits hatten sie die Sache schlecht organisiert. Außerdem waren sie zu hektisch vorgegangen und mussten Personen, die sie für Fahrraddiebe hielten, wieder laufen lassen, wodurch sie wertvolle Zeit verloren. Einig waren sie sich, dass ihre Erfolglosigkeit keinesfalls an der Software gelegen haben konnte. Unterdessen hatte Frau Keller ihre Einkäufe beendet. Als sie am Picassomuseum vorbeiradelte, hielt neben ihr ein Golf, dem ein groß gewachsener Mann und eine korpulente Frau entstiegen.

»Guten Tag, Herr Türgüt«, sagte Frau Keller.

»Entschuldigung, darf ich mal kurz Ihr Fahrrad sehen?« Der Gemüsehändler machte einen verlegenen Eindruck. Er warf einen Blick auf das Fahrrad und wandte sich an seine Partnerin. »Es ist das falsche Rad.«

»Das hätte ich Ihnen gleich sagen können«, stieß die Korpulente hervor.

»Darf ich fragen, worum es geht?«, erkundigte sich Frau Keller.

»Wir jagen Fahrraddiebe«, sagte Türgüt.

»Ein löbliches Unternehmen. Darf ich weiterfahren?«

»Nur noch eine Frage. Falls es Ihnen nichts ausmacht. Haben Sie kürzlich einen Mann in einem karierten Mantel auf einem Fahrrad mit einem violetten Fahrradkorb gesehen?«

»Nein. Und ich bin dankbar dafür. Ich kann Ihnen aber versichern: Ab jetzt werde ich meine Augen offenhalten.«

37

Die beiden Polizisten warteten wie gewöhnliche Kunden, bis Sie an der Reihe waren. Jemand holte Schwienhorst.

»Es liegt eine Anzeige vor«, sagte der größere Polizist.

»Gegen Sie«, sagte der kleine Polizist.

»Das ist nicht gut«, sagte Schwienhorst.

»Das ist richtig«, sagte der große Polizist.

»Wie man's nimmt«, sagte der kleine Polizist.

Schwienhorst führte sie in sein Büro, während sie im Vorübergehen die zahlreich vorhandenen Fahrräder wie potenzielles Beweismaterial musterten. Die Fahrräder verhielten sich ruhig.

Im Büro kündigten die Beamten an, es kurz machen zu wollen. Sie wollten sich auch nicht setzen.

»Sie sollen im Besitz von illegalen Fahrrädern sein«, sagte der große Polizist.

»Gestohlene Fahrräder?«, fragte Schwienhorst, mehr neugierig als beunruhigt. »Schwarzimporte? Illegale Markenkopien?«

»Das ist noch nicht klar. Es soll hier einen großen, stets abgeschlossenen Abstellraum geben. Den würden wir gern sehen.«

»Das, was in dem Raum drin ist«, ergänzte der kleine Polizist.

Schwienhorst führte sie in den bewussten Raum. Dort standen lediglich ein paar italienische Rennräder aus den Siebzigerjahren.

»Hier gibt es nichts«, sagte der kleine Polizist.

»Zumindest nichts Illegales«, sagte der große Polizist.

»Wer hat mich denn angezeigt? Nein, sagen Sie nichts! Ein Praktikant, der hier früher mal gearbeitet hat?«

»Wir sind nicht befugt«, sagte der große Polizist.

Schwienhorst streckte die Hand aus. »Ungefähr so groß?«

»Nicht ganz.«

»Aber so.«

»Kommt einigermaßen hin.«

»Dann ist die Sache klar.« Schwienhorst nannte Bernwards Namen.

»Daneben«, sagte der kleine Polizist.

»Wie ich bereits sagte, wir sind nicht befugt«, sagte der große Polizist und fuhr fort: »Sind Ihnen die sogenannten Bärlage-Brüder bekannt?«

»Allerdings.«

Der große Polizist zückte ein elektronisches Notizbuch und tippte mit einem Stift auf dem Bildschirm herum.

»Es gab einen unschönen Vorfall mit diesen Herren. Halten Sie sich bitte bereit, um gegebenenfalls als Zeuge

192

auszusagen«, befahl er, während Schwienhorst beobachtete, wie der kleine Polizist ein teures Mountainbike
fixierte.

Automatisch sagte er: »Ist im Angebot.«

38

J ochen wusste, dass er sein Leben unbedingt in den
Griff bekommen musste. Erst dann würde das Zusammenleben in der Wohngemeinschaft weiter möglich sein. Er durfte nicht mehr ausrasten. Er musste mehr für sein Studium tun und sich nicht mehr mit abseitigen Dingen beschäftigen. Also ging er wieder zur Uni. Als er zurückkam, lagen seine wenigen Habseligkeiten, abgepackt in Umzugskisten, in der Wohnungsdiele. Offenbar handelte es sich bei dieser Aktion um eine Botschaft. Er holte seine Sachen aus den Kisten und trug sie in sein Zimmer zurück. Dann verschloss er das Zimmer und dachte nach. Am Morgen hatte er gesehen, wie Jana, nur mit einem weißen Bademantel bekleidet, aus Fietzes Zimmer gekommen und grußlos an ihm vorbei ins Bad gegangen war. Ihr war die Katze gefolgt. Das waren eindeutige Signale. Ein flotter Dreier mit Katze, dieser Satz ging ihm nicht mehr aus dem Sinn. Ein flotter Dreier mit Katze. Jetzt saßen sie bestimmt in der Küche und machten sich über ihn lustig. Das war aber nicht schlimm. Er versuchte zu lächeln. Jemand hatte die grünen Handtücher gegen schwarze ausgetauscht. Hatten sie nicht angedeutet, dass Bernward wieder einziehen würde? Um ihn zu ersetzen? Er musste mit Bernward reden, bevor es die anderen taten. Die große Aussprache, sie musste endlich stattfinden.

Er konnte sie genau hören, tatsächlich, sie lachten. Dann dachte er: Ben heißt eigentlich Benedikt. Vermutlich hatte er Gründe, seinen wahren Namen zu verheimlichen.

Von Anfang an hatten sie nicht offen mit ihm geredet. Dabei würde ohnehin alles rauskommen. Vor allem würde offenbar werden, was die Fahrräder bedeuteten.

Er suchte nach dem Foto, das Bernwards Rad in den Rieselfeldern zeigte. Darauf hätte er gleich kommen können. Wo das Rad war, war auch Bernward. Also wusste er, wo er ihn finden würde.

39

Zu diesem Zeitpunkt hielt sich Karl bereits in den Rieselfeldern auf. Er war sicher, dass Bernie hier war, ein Informant hatte beobachtet, dass Bernie die Stadt Richtung Norden verlassen hatte. Am frühen Morgen radelte Karl durch das Naturschutzgebiet. Am Rande des eigentlichen Reservats, wo es trocken war und Bäume standen, vermutete er den Gesuchten. Nach einer halben Stunde gelangte er zu einer ungewöhnlichen Stelle. Er fuhr an zwei zerlegten Rennrädern vorbei. In der Nähe kreiselte bedrohlich ein Windrad. Schon von weitem hatte er gespürt, dass hier etwas nicht stimmte, eine merkwürdige Atmosphäre hing in der Luft. Dann, hinter einer Biegung, zwischen zwei Bäumen, sah er die ganze Katastrophe. Eine Wiesenfläche voller Fahrräder. Bernies Fahrräder. Alle zerstört, es sah furchtbar aus. Ein Schlachtfeld. Zertretene Räder, aufgeschlitzte Reifen, zerhackte Sättel. Hier musste einer gewütet haben, der einen großen Schmerz in der Seele trug. Tagelang gewütet. Mit einer Axt. Karl stieg ab, und wie in Trance bewegte er sich über das schaurige Feld. Er bückte sich und hob eine Klingel auf, sah sie eine Weile an und schleuderte sie gegen den nächsten Baum. Das Ding tat einen erbärmlichen Laut.

»Bernie?«, rief er. »Bist du hier irgendwo?«

Er ging weiter. Dort lag ein Fragment, das einmal Teil eines Holzfahrrads gewesen war. Er berührte es mit dem Fuß. Daneben, ineinander verschlungen, die Reste eines schwarzen Herren- und eines grünen Damenfahrrads. Er fühlte sich elend.

Ein Geräusch. Hinter dem Baum bewegte sich etwas, dann trat eine Gestalt hervor.

»Bernie, ich bin's: Karl. Ich tu dir nichts. Ich möchte dich nur nach Hause zurückholen.«

Die Gestalt rührte sich nicht. Karl ging langsam auf sie zu. Die Gestalt sagte immer noch nichts. Fest umklammert hielt sie einen Fahrradreifen.

»Du möchtest nicht sprechen, Bernie? Auch gut. Dann nimm meine Hand.«

Gemeinsam schritten sie über das Schlachtfeld, an dessen Rand Karls Fahrrad auf sie wartete.

40

Professor Keller saß auf der sonnigen Terrasse und versah die Hausarbeit eines ungewöhnlich einfältigen Studenten mit Anmerkungen in kleiner Schrift. Auf dem Beistelltisch neben seinem Liegestuhl grinste ihn ein aufgeschnittenes Brötchen an. Ein sorgfältig gefaltetes Exemplar der Westfälischen Nachrichten lag daneben.

»Seid ihr immer noch auf der Jagd nach Fahrraddieben?«

Seine Frau trat hinter ihn und legte ihm liebevoll die Arme um den Hals: eine Geste, die einem Würgegriff glich.

»Bedauerlicherweise haben aktionsversessene Ideologen entschieden, schwachsinnige Taten zu begehen«, sagte Keller. »Ich jedenfalls habe mit diesen Leuten nichts mehr zu schaffen.«

»Dann wirst du diese Meldung vermutlich nicht kennen«, sagte sie und schob die Zeitung einen Zentimeter in Richtung ihres Mannes. »Hier steht, dass die Bärlage-Brüder einen älteren Deutschrumänen auf der Promenade vom Fahrrad gestoßen und verprügelt haben.«

»Die Bärlage-Brüder?«

»Bekanntlich gehören sie zu der von dir gegründeten Bürgervereinigung oder was das sein sollte. Warum ausgerechnet diese beiden dabei waren, weiß ich nicht, doch nehme ich an, dass es eine gute Erklärung dafür gibt.«

Keller seufzte, legte die Hausarbeit beiseite, ergriff die Zeitung und überflog den mit Textmarker gekennzeichneten Artikel.

»Das ist schlimm«, sagte er. »Hier steht, dass sie nach ihrer Verhaftung randaliert haben, weil man sie in separate Zellen stecken wollte.«

»Was vermutlich gegen die Menschenrechte verstößt. Die beiden wollten wohl nur spielen. Und zwar Bürgerwehr. Die Zeitung bringt ihr Vorstrafenregister. Natürlich nicht das ganze, das wäre zu lang geworden.«

»Ich kannte diese Brüder gar nicht«, sagte Keller. »Sie hatten sich in meinem Blog gemeldet. Den ich mittlerweile geschlossen habe. Woher sollte ich wissen, dass es sich um Kriminelle handelte?«

»Sie haben als Türsteher gearbeitet. Offenbar waren sie vor allem damit beschäftigt, Türen aufzubrechen. Übrigens hat Moritz im Garten ein Stück von einem Fahrrad gefunden. Willst du der Sache nicht nachgehen?«

Keller befreite sich aus ihren Armen und stand auf. Es war Zeit für eine Ansprache.

»Ich bin durchaus in der Lage, einen Fehler zuzugeben, Marianne«, sagte er. »Ich habe ein Experiment durchgeführt, und es ist gründlich schiefgegangen. Es war falsch, mich in die sogenannten sozialen Netzwerke zu begeben. Mit sowas sollte ein vernunftbegabter Mensch gar nicht erst anfangen.«

»Du hast dich in Fahrräder verbissen. Falls das überhaupt möglich ist.«

»Kann sein, dass ich irgendwann nur noch Fahrräder gesehen habe.«

»Das kann jedem passieren. Ich erinnere mich, als ich in die Pubertät kam, habe ich nur noch Männer gesehen.«

Ein wenig ärgerte sie sich darüber, dass er versuchte, ihr seinen Fehler wie ein Experiment zu verkaufen, das er angeblich aus freien Stücken abgebrochen habe. Das war typisch für ihn. Doch insgesamt war sie zufrieden. Und einen Mann, der sich fortwährend selbst anklagte, wollte sie auch nicht haben.

»Falls es dich beruhigt«, sagte er, wie um das Thema abzuschließen, »in nächster Zeit werde ich mein Fahrrad stehenlassen und mehr mit dem Auto fahren. Vielleicht steige ich auch komplett aufs Auto um.«

Wenn man sich von Münster aus geradewegs gen Norden bewegt, gelangt man mit einigem Glück in die Nähe des Naturschutzgebiets Rieselfelder. Die Strecke wird meistens mit dem Fahrrad zurückgelegt, doch diesmal ging Jochen zu Fuß. Am frühen Morgen hatte er sich auf den Weg gemacht. In der Jackentasche ruhte das Foto, das Bernwards Fahrrad zeigte. Er musste lächeln, wenn er daran dachte, wie verblüfft Ben und Fietze sein mussten, weil er und seine Sachen spurlos verschwunden waren. Sie waren bestimmt froh, ihn los zu sein.

Beim Gehen durch die Stadt zählte er alle Fahrräder. Fahrräder, die die unterschiedlichsten Personen beförderten. Fahrräder, die geduldig in ihren Ständern verharrten. Fahrräder, die auf dem Boden lagen. Erwartungsgemäß waren es viele, und einige von ihnen kannte er bereits. Das war verständlich, hatte er doch bis vor kurzem in einem Fahrradgeschäft gearbeitet. Er war äußerst zufrieden. Bis er am Stadtrand angekommen war, hatte er sechsundsechzig Fahrräder gezählt. Eine interessante Zahl, die etwas bedeuten konnte. Was genau das war, wusste er nicht zu sagen. Nach drei Stunden – wegen der Zählerei hatte der Weg länger gedauert als üblich – spürte er, dass er sich am Ziel befand. Jetzt war nur noch Natur um ihn, und er sah kein Fahrrad mehr und auch keine Menschen. Irgendwann kam er an einer Hütte auf Stelzen und an einer Streuobstwiese vorbei. Er sah einen Eisvogel oder er glaubte einen zu sehen. Er musste nur noch die gesuchte Stelle finden und lange genug warten, dann würde sich Bernward zu erkennen geben. Und falls er sich nicht zeigen würde, dann konnte man ja noch einmal hierherkommen und abermals warten. Oder gleich hierbleiben. Doch das brauchte er nicht.

Es waren zwei Gestalten, die ihm, wie ein lang ersehnter Auftritt, von Ferne zwischen den Feldern entgegen kamen. Die eine Gestalt schob ein Fahrrad, die andere hielt ein Vorderrad in Händen. Das war das Zeichen. Sein Zeichen. Sie winkten ihm zu. Mit langen Schritten ging er ihnen entgegen, während er lebhaft zurückwinkte.

Jürgen Kiel hat in Münster Germanistik und Geschichte studiert. Seit vielen Jahren lebt er in Frankfurt a. M. Er arbeitet dort als Autor und Produzent im Bereich E-Learning. Obwohl Frankfurt keine Fahrradstadt ist, ist er häufig und gern mit dem Rad unterwegs.
Kontakt: j.kiel@juergenkiel.de;
www.juergenkiel.de

Zeitfracht Medien GmbH
Ferdinand-Jühlke-Straße 7
99095 Erfurt, Deutschland
produktsicherheit@kolibri360.de